乙女ゲームは
終了しました２

悠十

Yuto

JN096605

RB

レジーナ文庫

フリオ
ウィンウッド王国の
伯爵家の三男。
学園では騎士科に所属する
武闘派で面倒見がよい。
アレッタのことを
ずっと想っていた。
アレッタ
ウィンウッド王国の
国立学園に通う子爵令嬢。
特殊な家に育ったため、
貴族令嬢らしからぬ戦闘力を持つ。
最近、とある騒動のせいで
それまでの婚約を解消し、
新たに幼馴染の
フリオと婚約した。

レオン
ウィンウッド王国の
王太子。
オルタンスとの
婚約話が出ている。
オルタンス
カルメ公国の公爵令嬢。
リゼットと共に
学園に留学中。
リゼット
隣国カルメ公国の
子爵令嬢。
アレッタが通う学園に
留学してきた。
グレゴリー
アレッタの四番目の兄であり、
マデリーンの婚約者。
生真面目で朴訥とした青年。
マデリーン
アレッタの先輩。
本当の意味で誇り高い性格で、
努力する人が好き。
登場人物紹介

目次

続編がやってきた編

プロローグ

季節は六月の終わり。日差しが俄《にわ》かに暑くなり始める中、降り注ぐ光に向かって木々が青々と葉を茂《しげ》らせ、枝を伸ばす。

カルメ公国国立学園に通う貴族の子弟達は日差しを嫌い、春頃は人気のあった食堂のテラスは今、閑散《かんさん》としていた。使っているのは、木陰《こかげ》になっている席を使用する男女のグループ一組のみである。

そんな一組のグループを、ある者は眉を顰《ひそ》め、またある者は悲しげな目で見つめ、多くの人間が困惑と嫉妬《しっと》、そして失望の思いで彼らを見ていた。

このグループには、カルメ公国の王子をはじめとした高位貴族の子弟が参加している。冷ややかな視線が集まる中、彼らが何をしているかと言えば、一人の女生徒を囲んでの談笑だ。

ただ話すだけなら、周りの視線がこんなにも冷え込むことはない。問題は、明らかに彼らの距離が、婚約者のいる者の異性に対して保つべき距離を侵していることだ。

もちろん男達の婚約者やその関係者は苦言を呈《てい》し、散々注意している。しかし、それが改善されることはなかった。

それどころか、注意された少女が悲しげに俯《うつむ》くと、男達は忠告した者を睨《にら》みつけ、疎《うと》ましがり、自分達の傍《そば》から追い払う。

確かに、少女に嫉妬《しっと》して醜《みにく》い感情をぶつける者もいた。けれども、それ以上に少女と男達のことを思って行動した者のほうが多かったのに、彼らは善意悪意を問わずに全てを遠ざけた。故《ゆえ》に、彼らの傍《そば》に残った者は耳に優しいことを言うだけの無能だ。

そうして、彼らは小さな常春《とこはる》の箱庭を手に入れた。しかし、箱庭の外は極寒の地だ。

それに気づくのは、終わりを迎える時だろう。

そんな彼らを学園の生徒達は様々な思いを乗せて見つめている。中でも一番複雑な思いを抱いているのは、男達の婚約者だった。

婚約するにあたって、それなりに努力を重ね交流を持ってきた彼女達は、現状に悲しみ、呆れ、困惑していた。最早《もはや》、彼らと婚約したままで良いのか、とすら考え始めている。

そんな彼女達は、ある令嬢の一言に惹かれた。

「この状態で無為に時間を過ごすより、婚約などさっさと解消してしまって、いっそあの人達がいない、いえ、目に入らない他国に新たな縁を求めたほうが良い気がします」

少女達は確かにそうかもしれないと頷《うなず》き、さっさと婚約を解消し、他国への留学を決める。

その中で、山脈を挟んだ北東に位置する隣国に留学を決めたのは、元は王太子の婚約者だった公爵令嬢と、子爵家の令嬢だ。

「——レオン王弟殿下……ね……。どんな方なのかしら……」

移動中の馬車の中で件《くだん》の少女が呟《つぶや》く。

王太子の婚約者であった公爵令嬢、オルタンス・ルモワールは、彼女が婚約を破棄してからすぐさま持ち込まれた隣国ウィンウッド王国の王弟——現在は王太子となったレオン・ウィンウッドとの婚約を前向きに検討していた。

しかし、自国の王太子である婚約者の裏切りに傷ついている今、返事は慎重にしたい。

そのためにも、ウィンウッド王国への留学を決意したのだ。

そのオルタンスと共にウィンウッド王国へ留学することになったのは、カルメ公国でも有数の資産家であるフォルジュ子爵家の令嬢、リゼットだった。

「楽しみですね、オルタンス様」

「そうね。確か、貴女《あなた》はウィンウッド王国に初恋の殿方がいるんだったかしら」

「はい、そうです」

にこにこと嬉しそうに微笑《ほほえ》むリゼットに、オルタンスも微笑《ほほえ》みを返す。

この時、オルタンスは思いもしなかった。まさか、リゼットがとんでもないことを仕出かすなど。そして、リゼットの脳内が、カルメ公国で己《おのれ》の元婚約者達をたぶらかした少女とほとんど変わらないことなど。

――ガタンッ！

リゼットの唇が小さく動いた時、車輪が小さな石に乗り上げたらしく、馬車が音を立てて揺れた。

「ごめんなさい、リゼット。馬車の音で聞こえなかったわ。なんと言ったのかしら？」

「いえ、たいしたことではないので、気にしないでください」

そう？　と小首を傾《かし》げたオルタンスだが、この時ちゃんと彼女の言葉を聞いていれば、この先起こる騒動を少しは予想できたかもしれない。

リゼットは、こう呟《つぶや》いていたのだ。

「良かった、ヒロインを上手《うま》く出し抜けて。待ってて、私の運命の人。私がきっと、幸せにしてあげるわ」

――ウィンウッド王国に、騒動の種が近づいていた。

第一章

どこまでも晴れ渡る、真っ青な空。地平線の向こうに聳《そび》える山脈には厚い雲がかかる。あれがこちらまで流れてくれば少しは涼しくなるだろうかと、アレッタは照り付ける太陽を恨めしげに見上げた。

季節は夏。あと五日もすれば八月が終わろうというのに、照り付ける太陽の熱から、まだまだ夏は続くのだと感じられた。

ウィンウッド王国の辺境貴族ベルクハイツ家の末っ子長女にして、次期当主たる彼女は、飛竜乗り場でうんざりするような暑さに溜息《ためいき》をつきながら、ギラギラと輝く太陽から目を逸《そ》らす。

アレッタの通うウィンウッド王国国立学園は、現在夏休み期間に入っている。

しかし、学園の夏休みは彼女の前世である日本とは違い、二十日間しかない。その代わりに冬休みが長かった。冬は十二月の末から二月の中頃までお休みで、三学期はない。十二月に卒業式があり、二月の半ばから三月の末までにあるのは、成績不振者のための補講である。

冬休みが長いのには色々理由があるが、それは今は脇に置いておこう。今、アレッタにとって重要なのは、うんざりするほど暑いのに彼女にべったりと張り付く婚約者サマをどう引《ひ》き剥《は》がすかである。

「フリオ、離れて……。暑い……」

少しばかり、ぐったりした口調でそう言うと、婚約者のフリオは少し不満そうに口を尖《とが》らせた。

「なんでだよ。久しぶりに会ったんだから、もう少しくらい堪能《たんのう》させてくれよ」

そう言って、赤毛のイケメンは後ろからアレッタをさらに強く抱き込む。普段であれば、彼女も嬉しいやら恥ずかしいやらで赤面してアタフタする。けれど、冷房を知る現代っ子の記憶がある彼女は、文明の利器がないせいで、前世よりも夏が苦手になっていたのだ。容赦なく「暑い！」と腹に回された腕を引《ひ》き剥《は》がす。

体格差がある男性を簡単に引《ひ》き剥《は》がせるのは、ベルクハイツの血のなせる業《わざ》である。

アレッタが幼馴染《おさななじみ》のフリオと婚約したのは、夏休みに入る前だ。それまでは別の人間と婚約していた。

その婚約を解消することになったのは、王太子が彼の婚約者だった公爵令嬢のレーヌ・

ブルクネイラと婚約破棄すると、学園主催の舞踏会で宣言した事件に端を発する。その際、『悪役令嬢によるザマァ系物語』的な展開が起きたのだが、この時に悪役令嬢レーヌに駆け寄ったヒーローが、アレッタの元婚約者のルイス・ノルトラートだったのだ。

その後は、まあ、大変だった。

ルイスは、ベルクハイツ家を継ぐアレッタにと、王族をはじめとした中央の高位貴族が太鼓判を押して勧めた男だ。それがレーヌとの浮気である。

ルイスに顔を潰された形になった面々は激怒すると同時に、恐れた。

ウィンウッド王国には、『深魔《しんま》の森』という魔物の氾濫《スタンピード》が頻繁に発生する恐ろしい土地が存在する。そこを治め、その脅威から国を守るのが、アレッタの生家である武の名門ベルクハイツ家だ。

尋常《じんじょう》ならざる力を持つ彼《か》の一族なしにはその地を治められないことは、少なくとも貴族ならほとんどの者が知っている。ベルクハイツ家にそっぽを向かれ、国を出ていかれれば、ウィンウッド王国は滅亡するしかない。

結局、超多忙のベルクハイツ家当主が出てきて威圧することでこの騒動は収束した。その裏では悪魔と恐れられるベルクハイツ領主夫人が暗躍し、ブルクネイラ家やノルトラート家などから慰謝料をがっぽり搾《しぼ》り取《と》っている。

そしてアレッタは、幼馴染《おさななじみ》であるフリオ・ブランドン伯爵令息と婚約を結び直したのだ。

「――アレッタぁ……」

「いや、無理。本当に、無理。暑いもん」

残念そうに、甘えるようにアレッタの名を呼ぶフリオだが、彼女はその訴えをバッサリと切り落とした。無理なものは、無理なのだ。

彼も夏休みのため、ベルクハイツ領の隣にある実家に帰省していたのだが、学園に一緒に戻ろうとベルクハイツ領に来ていた。

そうやってじゃれ合う仲睦《なかむつ》まじいカップルに向けられる周りの視線は、妬《ねた》ましげなものから微笑《ほほえ》ましげなものまで様々だ。

そんな中、微笑《ほほえ》ましげな視線を送っていたほうのグループの一人、アレッタの四番目の兄であるグレゴリーが、話しかけてくる。

「アレッタ、手紙の件、頼んだぞ」

「うん、分かったわ、グレゴリー兄様。大丈夫、マデリーン様にすぐ渡すね！」

少し照れ臭そうに小さく微笑《ほほえ》むベルクハイツ家の四男に、彼女はにっこりと笑う。彼の婚約者であるマデリーン・アルベロッソ公爵令嬢は、アレッタがとてもお世話になっている先輩である。二人の婚約は先の婚約破棄騒動から波及した政略的なものなのだが、彼らの仲はとても上手《うま》くいっているようだ。何よりである。

「アレッタ」

そうやって話しているところに、母のオリアナに呼ばれた。

「なんですか、お母様」

にこにこと笑うアレッタに、オリアナがクスリと笑いながら告げる。

「新学期にはカルメ公国から留学生が二人来るらしいわ。まあ、貴女《あなた》より一つ上の二年生だそうなので、そこまで関わらないかもしれないけど……」

そう言って、オリアナはチラリとフリオを見やった。彼はアレッタに気づかれないように小さく頷《うなず》く。

「他国にはベルクハイツの情報や血を欲しがる者もいるから、気をつけなさい。まあ、貴女《あなた》を力ずくでどうこうできる者などいないとは思うけど」

確かに、と思いつつも、アレッタは素直に「気をつけます」と返す。

「留学生の一人は現王太子殿下であられるレオン殿下の婚約者候補らしいの。おそらく、何もなければ、この話はそのまま纏《まと》まると思うわ。だから、彼女はマデリーンさんと関わることが多くなるでしょう。その時に何かしらの接触があるはずだから、気をつけてね」

マデリーンは高位の貴族令嬢である。そして、未来の王妃様かもしれないその留学生も隣国の高位貴族のご令嬢なのだろう。

少し緊張するが、その留学生に興味がないわけではないので、多少関わりを持つのも悪くない。粗相のないように気をつけよう、とアレッタは頷《うなず》く。

「できる限り悪印象を持たれないように頑張りますね」

「そうね。まあ、いざとなったら貴女《あなた》の訓練風景を見せてあげなさい。少なくとも、貴女《あなた》を敵に回そうとは思わなくなるわ」

そう言ってにっこり嗤《わら》う母は、未来の王妃候補にマウントを取る気満々であった。

第二章

ウィンウッド王国国立学園の学生寮は、学期始めの五日前から入寮が開始され、始業式の十日後まで受け付ける。割と期間が長く取られているのは、それぞれが領に帰省していて、交通手段によっては入寮予定日がくるう可能性が高いからだ。

地球の日本ほどに交通機関が発達していれば話は別だが、この世界の主な移動手段は、徒歩、馬、馬車、飛竜である。しかも魔物や盗賊が出るため慎重にならざるを得ず、時間がかかる。トラブルで数日遅れるなどザラだ。

そんな移動手段の中で最も安全で、速く、確実なのが飛竜だと言われている。そして、特にベルクハイツ領の飛竜は別格とされていた。

何故《なぜ》、別格なのか。それは、他所《よそ》の飛竜とベルクハイツ領の飛竜の顔つきを比べれば、一目瞭然《りょうぜん》だ。

「うちの飛竜は顔が厳《いか》ついよね……」

「そうだなぁ……。別に、他所《よそ》の飛竜が可愛い顔をしている、ってわけじゃないんだが、ベルクハイツ領の飛竜の顔は輪をかけて厳《いか》ついな」

アレッタとフリオは、王都の飛竜乗り場でベルクハイツ領と他領の飛竜の顔を見比べながら、首を傾《かし》げていた。

「まあ、少なくとも、他所《よそ》の飛竜とは肝の据《す》わり方が違うだろう。主人の乗り物の座をかけて、ブラックドラゴンに喧嘩《けんか》を売るなんざ、ベルクハイツ領の飛竜くらいだぞ」

「あー……、確かに……」

フリオの言う乗り物タイトルマッチは、ベルクハイツ領の領主であり、アレッタの父であるアウグストが、王都の近くで発見されたブラックドラゴンを自領にお持ち帰りした際に乗り物として利用したことで起こった。アウグストを主人と仰《あお》ぐ飛竜が嫉妬《しっと》し、ブラックドラゴンに喧嘩《けんか》を売ったのだ。

「けど、結局種族の壁を越えられずに、ブラックドラゴンに負けちゃって……」

「いや、だけどブラックドラゴンをドン引きさせて、最後には泣かせてたじゃねーか。あれは、ブラックドラゴンは試合に勝って勝負に負けてたぞ」

それ以降、ブラックドラゴンは件《くだん》の飛竜に苦手意識を持ったのか、その飛竜の前では逃げ腰である。ベルクハイツ領の魔境ぶりがうかがえる一幕であった。

そんな他所《よそ》の人間が聞けば目を剥《む》くような話をしていると、馬車の用意ができたと従者から声をかけられる。二人はその場を後にした。

その数分後。飛竜乗り場に一頭の飛竜が舞い降りる。

降りてきたのは、貴族の令嬢と思《おぼ》しき二人と、彼女達の召使と分かる数名の男女だ。

「はぁ……。ようやく着きましたわね」

「そうですね。飛竜に乗るのって初めてでしたから、緊張しちゃいました」

溜息《ためいき》をついたのは、金の巻き毛の美少女。吊り気味の青い目のせいか、気が強そうな印象を受けるが、疲れているのかその眉がへにょりと下がり、今は可愛らしくすら見えた。

そして、ほっとして肩から力を抜いたのは、サーモンピンクの髪色をした美少女。彼女は緑色の瞳をきょろきょろと動かし、ソワソワと落ち着きなく辺りを見回している。

見目の良い二人は、周囲の視線を集めていた。この二人こそ、カルメ公国から来た留学生であり、うち一人は王太子レオンの婚約者候補である。

王太子の婚約者候補であるのは、金の巻き毛の少女、オルタンス・ルモワール公爵令嬢のほうだ。彼女はカルメ公国の王太子の婚約者であったが、その王太子が堕落《だらく》したため婚約破棄し、次の婚約者候補のいるウィンウッド王国へやってきたのだ。

サーモンピンクの髪色の少女は、カルメ公国でも有数の資産家であるフォルジュ子爵家の末娘、リゼット。彼女もまた、己《おのれ》の婚約者の不貞により婚約を破棄していた。

そんな二人には、王宮から迎えが来ていた。王太子の婚約者候補であるオルタンスを意識しての待遇である。

二人は迎えに対し礼を言い、王家の豪奢《ごうしゃ》な馬車で王宮へ向かったのであった。

第三章

九月になったとはいえ、まだまだ残暑が厳しい中、学園の二学期がついに始まった。

アレッタは二日前に入寮したが、先輩であり、兄の婚約者であるマデリーンは昨日帰ってきたばかりだ。そのためアレッタは、グレゴリーの手紙を未だマデリーンに渡せていない。

アレッタはマデリーンに手紙を渡すべく、休み時間を利用して二年生の教室へ向かった。

しかし、マデリーンの教室の前まで来て、目を丸くする。何故《なぜ》なら、教室の出入り口付近で、入れ代わり立ち代わり生徒達がチラチラと教室内を覗《のぞ》いていくのだ。野次馬と見てまず間違いない。品位を大事にする貴族だらけの学園において、この光景はとても珍しいものだ。

何か特別なものでもあるのかなと思いつつ、アレッタはちょうど教室から出てきた生徒に声をかける。

「あの、すみません。マデリーン様は教室にいらっしゃるでしょうか？」

「え？　ああ、貴女《あなた》、マデリーン様とよく一緒にいる……。いるはずよ。ちょっと待ってて」

声をかけた女生徒は、教室内に再び入っていった。

教室の入り口から少し人が減ったので、アレッタも教室内を覗《のぞ》いてみる。中では複数の生徒達が見知らぬ金髪の女生徒とマデリーンを囲んで談笑していた。

もしや、あの人が母が言っていた留学生のうちの一人だろうか。首を傾《かし》げていると、マデリーンを呼びに行ってくれた女生徒が彼女に話しかけ、二人の視線がこちらを向く。

マデリーンは周りの人間に断ってからアレッタのほうへ来る。

女生徒に礼を言い、アレッタはマデリーンに向き直った。

「すみません、マデリーン様。お話をしていらしたのに……」

「いいえ、大丈夫よ。それで、何かご用かしら？」

マデリーンは絹糸のような美しい銀の髪を持つ、一見冷たそうな顔立ちの美人だ。しかし、身内扱いをする者には、柔らかく微笑《ほほえ》む。

こんな美人が嫁とか兄は果報者だと思いながら、アレッタは用件を切り出した。

「グレゴリー兄様から手紙を預かってきたのです。学期始めは忙しくなるかと思いますので、今の内に渡しておこうと思いまして」

「まあ！」

使用人に頼むと検閲が入るので、直接渡したかったのだ。これは恋文の類《たぐい》だろうと簡単に予想できたため、アレッタはマデリーン本人が手紙の封を開けられる方法をとった。

「ありがとう、アレッタ。とても嬉しいわ」

そんな気遣いに察しの良いマデリーンは気づいたらしく、渡された手紙を胸元に大事そうに抱えて嬉しげに微笑《ほほえ》んだ。

その後、昼食を一緒にとる約束をし、アレッタはその場を後にした。

＊＊＊

そして、午前の授業が終わり、昼休みになった。

マデリーンとの約束があるため、アレッタは待ち合わせ場所である食堂へ行く。テーブルには、マデリーンの他に、休み時間に生徒達に囲まれていた金の巻き毛が美しい女生徒がいる。

「マデリーン様、お待たせしました」

そのテーブルに近づくと、マデリーンが微笑《ほほえ》んで席に座るよう促《うなが》した。

チラ、とアレッタは女生徒へ視線を向ける。目が合い、彼女はアレッタへ笑顔を向けてきた。

マデリーンがアレッタにその女生徒を紹介する。

「アレッタ、こちらカルメ公国からいらしたオルタンス・ルモワール公爵令嬢よ。今学期から私と同じクラスで学ぶことになったの」

マデリーンの紹介に、オルタンスは「よろしく」と言って淑《しと》やかに微笑《ほほえ》んだ。

「オルタンス様、この子はアレッタ・ベルクハイツ子爵令嬢。私の婚約者のグレゴリー様の妹なの」

「えっ」

小さく、驚いたような声が聞こえたが、アレッタは聞こえなかったふりをして、にこやかに「よろしくお願いいたします」と会釈《えしゃく》する。

「あの、ごめんなさい。ベルクハイツって、あのベルクハイツ家の？」

「ええ、そのベルクハイツ家よ」

あの、とはなんだろうか。

オルタンスはマデリーンに質問を肯定され、まるで珍獣でも見るかの如《ごと》くまじまじとアレッタを見て、感心するかのような溜息《ためいき》をついた。

「カルメ公国でもベルクハイツ家は有名なのよ。ウィンウッド王国の最も重要な生命線を担《にな》う一族だって」

確かに、ベルクハイツ家は『深魔《しんま》の森』を抑え込むことに成功した一族である。しかも、その身の尋常《じんじょう》ならざる力をもっての偉業、他国から注目が集まるのも当然だ。

オルタンスの興味津々《しんしん》、といった視線も仕方がない。

「ふふ。しかも、この子が次期当主なのよ」

「ええっ!?」

マデリーンの言葉に、オルタンスが驚きの声を上げた。

「え、だって、お兄様がいらっしゃる……のよね？」

オルタンスの確認するかのような質問に対し、アレッタは頷《うなず》く。

「四人兄がいます」

「ええ？　あの、失礼ですけど、お兄様方はご健在……なのかしら？」

元気が有り余ってます、と答えると、ますます分からないという顔をされた。

どの国でも――少なくともこの国を含む周辺国では、基本的に長男が家を継ぐものだ。

しかし、ベルクハイツ家の跡継ぎ事情は、『深魔《しんま》の森』をなるべく長く抑えることを重視しているため、決め方が特殊だった。

「ベルクハイツ家の当主には、兄弟の中で最も初代の血が濃い者が就きます」

もっと詳しくいうなら、初代の血を最も後代にまで繋げられる者が当主となるのだ。

ちなみに、アレッタは五代先までは確実に繋げられるだろう、と言われている。アウグストが二代先までだったので、このアレッタの血の濃さは一族に大きな安堵《あんど》をもたらした。

「ベルクハイツ家にとって最も重要なのが、『深魔《しんま》の森』を抑えることなので、力重視になるんです。だから、年功序列にはしません」

「まあ、そうなの……」

オルタンスは感心しているが、ベルクハイツ家の兄達を見たら目を剥《む》くに違いない。

アレッタが次期当主ということは、その厳《いか》つい兄達よりも彼女の力が上だということなのだから。

「あの……ベルクハイツ家の武勇はカルメ公国でも有名で、つい最近ブラックドラゴンを領地に連れ帰ったと聞いたのだけど、本当なの？」

そう問われ、アレッタは思わず遠い目をする。

ブラックドラゴンは魔物の中でも上位種であるのに、ベルクハイツ領では少々肩身が狭そうに暮らしている。全ては、ベルクハイツ領の型破りな飛竜達のせいだ。

とりあえず、オルタンスの質問には本当だと答えておいた。

「まあ、なんて凄《すご》いのかしら……。飛竜ならまだしも、ドラゴンに騎乗できるだなんて……」

ドラゴンは本来とても気性が荒く、とてもではないが人間の言うことなど聞かない。

しかし、ただ一点、言うことを聞かせる方法がある。

「ドラゴンは他の魔物より頭が良いですから。それが厄介《やっかい》な点でもありますが、どちらが上であり、捕食者であるか、徹底的に叩き込めば言うことを聞きます」

「そ、そう……」

ごく普通の令嬢にしか見えないアレッタの弱肉強食発言に、オルタンスは言葉を詰《つ》まらせた。

その後、係りの者が昼食の配膳に来たため、話は一時ストップする。配膳が終わると、話題は違うものに移った。

「――カルメ公国からの留学生はもう一人いると聞きましたけど、お知り合いですか？」

マデリーンの問いに、オルタンスはにこやかに答える。

「ええ、もちろん知っていますわ。リゼット・フォルジュ子爵令嬢ね。フォルジュ子爵家はカルメ公国でも有数の資産家で、そこの末娘になるの。なんでも、この国に会いたい人がいるらしくて、留学を決めたんですって」

「まあ。会いたい人？」

「どんな方なんでしょう？」

アレッタとマデリーンは恋の気配を感じ、下品にならない程度に分かりやすく興味を示す。オルタンスはにっこりと微笑《ほほえ》んで口を開いた。

「ふふ。――ところで、ウィンウッド王国では最近、数組の婚約者達が婚約を破棄し、それに伴う騒ぎが原因で前王太子殿下と貴族の子息達がその座を追われたと聞きました」

突然の話題転換に、マデリーンとアレッタは戸惑《とまど》い、顔を見合わせる。その騒動のあおりを受けたのが、まさに自分達だったからだ。

その情報を公爵令嬢であり、現王太子の婚約者候補であるオルタンスが知らないとは思えない。だが、喧嘩《けんか》を売っているようにも見えず、困惑気味に騒ぎがあったことを肯定すると、オルタンスは一つ頷《うなず》き、話し出した。

「その騒動は、ある男爵令嬢に入れ込んだ子息達が起こした冤罪《えんざい》による断罪劇だと聞きました。それで、お恥ずかしい話ですが、我がカルメ公国でも似たようなことが起きていますの」

「「えっ」」

ぎょっとする二人に、オルタンスは困ったわ、と言わんばかりに優雅に小首を傾《かし》げ、溜息《ためいき》をつく。

「祖国では、王太子殿下を筆頭に数名の高位貴族の令息達がある男爵令嬢に熱をあげてしまっていて、私達の諫言《かんげん》をちっとも聞いていただけませんの。もうついていけないと思いまして、私を含む彼《か》の方達と婚約していた令嬢達は婚約を解消し、留学を決意しました」

そして今に至るのだ、と軽く告白するオルタンスだが、この話ははっきり言って国の恥部だ。何せ、ウィンウッド王国の元王太子の転落に関する顛末《てんまつ》はあまりにもお粗末で、笑い話にもならないと国中の貴族達が頭を抱えている。

そんな話をしてしまっていいのか、とアレッタが悩んでいるのに、オルタンスは優雅に微笑《ほほえ》んだ。

「おかげで王家の名に傷をつけたと側室腹の兄王子殿下が激怒なさって、それはもう飛ぶ鳥を落とす勢いで王太子殿下を蹴落《けお》とさんと動いてらっしゃるのです。面白いのは、彼《か》の方達は特に隠してもいないのに、この情報が王太子殿下の耳に入っていないことですわね」

にこやかなオルタンスに、アレッタもマデリーンもある可能性に気づく。

もしやカルメ公国の国王やその周りは、そもそも、その兄王子に王位を継がせたかったのではないか。そうであるなら、王にとってこの騒動は降って湧いた幸運だ。実際、国の恥部を話したにしては、オルタンスに余裕がありすぎた。

なるほど、カルメ公国の国王はなかなか有能なようだ。そう思いつつも、そこまで徹底的に叩き潰されたら、その王太子は自ら命を絶ちたくなるほど打ちのめされるだろうなとも、アレッタは考える。心なしか、オルタンスの笑顔が少し怖い。

ウィンウッド王国の元王太子であるアランもまた、やらかした王子である。自らの婚約者に偽《いつわ》りの罪を着せ、己《おのれ》の良いように事《こと》を運ぼうとして失敗し、その座を追われた。最低野郎であり、国王は見事に子育てを失敗したことになる。それでもアラン元王太子は、自らベルクハイツ領行きを希望する程度には根性があった。

よくぞ言ったとベルクハイツの戦士達はアランの希望に応え、必ずや一人前の戦士にしてやろうと誓ったのだ。まさかアランがベルクハイツ領の力を甘く見ており、自らの力をうぬぼれての志願とは知らぬが故《ゆえ》である。そして、それを知るベルクハイツ夫人——悪魔《オリアナ》がわざわざ周囲に訂正するはずがない。

アレッタもまた、自国の元王太子の決意に感心し、特訓メニュー作りに参加した。『鬼軍曹による訓練メニュー～ベルクハイツを添えて～』というタイトルの、『地獄への招待状』と密《ひそ》かに呼ばれている渾身《こんしん》のメニューだ。それは、アランの逃亡不可能なデッドオアアライブ生活が決まった瞬間でもある。

自国の廃太子を地獄へ突き落とす計画に善意で一枚噛んだアレッタは、良い為政者を育てるのって大変なんだなあ、と遠い目をした。

そんな彼女を横目に、マデリーンのほうは少し困惑した表情でオルタンスに口を開く。

「そのようなことをおっしゃってもよろしいの？　我が国でも同じような事件が起きたとはいえ、外に広めないほうが良いのでは？」

いくら国の上層部が王太子交代を望んでいるとしても、そういったことは伏せておくべきだ。マデリーンとしては、何を思って彼女がそれを言ったのか、真意を知りたかったらしい。

「大丈夫ですわ。王太子殿下の後ろ盾が厄介《やっかい》なので、再起不能なまでに評判を落としておきたいのです」

にっこり嗤《わら》って告げられた明《あ》け透《す》けな言葉にアレッタは固まり、マデリーンは困ったような顔をする裏でなるほどと納得した。

余裕のある笑みを浮かべるオルタンスに、アレッタは少し不安になる。

おそらくオルタンスは彼女の元婚約者である王太子を嫌っているのだろう。何せ、この学園でも似た事件が起きたのだ。リサに惚《ほ》れた男達の婚約者は一様に呆れ果て、彼らとバッサリ縁を切っている。その一人であるマデリーンの傍《そば》にいたアレッタには、オルタンスの抱く感情は想像しやすい。

しかし、マデリーンとオルタンスでは一つ違うところがある。マデリーンは元婚約者であるシルヴァンを冷たい目で見ることはあっても、必要以上に嬲《なぶ》るような真似はしなかった。一方、オルタンスの場合は、もしかすると可愛さ余って憎さ百倍なのかもしれないが、敵には容赦しないスタンスなのだと分かる。

もし彼女がウィンウッド王国のレオン王太子と結ばれて王太子妃となった時、ベルクハイツと敵対しそうなら、彼女が動く前に叩き潰さねばならない。アレッタは割と物騒な思考でそう考えていた。

ベルクハイツは基本、弱肉強食である。普段は文明人であっても、いざとなれば身分など張りぼてよと叩き潰す脳筋が本性だ。敵対行動を取った日が命日となる。

そんな物騒な決意を、目の前の一見普通の令嬢がしているとは思わないだろう、オルタンスがにこやかに話す。

「それで、話を戻しますけれど、私と一緒に留学してきたリゼットの会いたい人というのは、彼女の初恋の人らしいの」

「まあ！」

「そうなんですか？」

オルタンスのその言葉に、今までの話がリゼットの『会いたい人』に関する前振りだったのだと知った。婚約者に傷つけられたが故《ゆえ》に、リゼットは初恋の人に会いたかったのだと印象付けたかったのだろう。決して、不貞ではないのだと。

まあ、その印象付けの言葉がなかなか過激だったが。

「初恋の方って、どんな男性なのかしら？」

「それが、名前は教えてもらえなかったのです。けれど、一途《いちず》な方なのですって。その方が愛する人には既《すで》に婚約者がいて、それでも一途《いちず》にその方を愛しているのだとか」

「それは……、なかなか難しい方ですね……」

初恋というからには、それなりに昔の話だと思われる。ひょっとすると、リゼットの初恋の人は件《くだん》の『愛する人』を諦めて、既《すで》に他の婚約者、または伴侶を作っているかもしれない。

「そうね。ですが、私は彼女の恋が成就すれば良いと思っているのよ」

そう言って寂しそうに微笑《ほほえ》むオルタンス。アレッタは彼女が元婚約者である王太子を愛していたのだと察した。自らの手で愛していたはずの人を叩き潰そうと思うくらいに、愛していたのだと。

＊＊＊

オルタンスと昼食を共にした翌日。

アレッタはいつも通り朝の鍛練《たんれん》をすべく鍛練場《たんれんじょう》へ向かっていた。

既《すで》に何人かの騎士候補生がそこにおり、それぞれが汗を流している。

普通、ここを使用するのは騎士科の学生のみだ。しかし、次期領主でもあるアレッタが所属している科は普通科。一学年時は他の生徒と同じ内容を普通科で学び、二学年の時に領主候補生には特別カリキュラムが追加されるのだ。故《ゆえ》に、アレッタや歴代のベルクハイツ家当主は、特別に鍛練場《たんれんじょう》の使用を許されていた。

「アレッタ！」

「あ、おはよう、フリオ」

「ああ、おはよう」

アレッタが準備運動をしていると、フリオがやってきた。

彼が籍を置くのは騎士科ではあるが、普通科のアレッタの勉強をしれっとした顔で教えられるあたり、彼の頭には普通科の、もしくはそれ以上の知識が入っている。しかし、アレッタも二つ年上であり、騎士科所属のフリオの剣の振り方や身のこなしにダメ出しをするのだから、まあ、そういうものなのだろう。

二人は共に鍛練《たんれん》し、シャワーを浴びるためにその場を後にした。

アレッタがシャワーを浴び、急いで着替えて外に出ると、待っていたフリオが、ニッと笑って手招きする。

「やっぱり生乾きだな。ほら、乾かしてやるから、後ろ向きな」

「うぅ……」

正式に婚約してからというもの、フリオは何かとアレッタを構いたがる。

いや、もとから世話焼き気質なのかな、と思わせる構いぶりだったのだが、婚約してからはそれに遠慮がなくなったのだ。

いつだったか、人目を気にしなくて済むようになった、というフリオの呟《つぶや》きを聞いて、アレッタは彼の気遣いらしきものに気づいた。まあ、婚約者のいる女に対し、あの構い方はどうだったんだ、と一瞬脳裏に過《よぎ》ったが、それには気づかないふりをしている。今の婚約者はフリオなので問題ない。

髪を乾かしてもらい、二人で食堂へ向かう。

鍛錬《たんれん》前に牛乳と果物を軽く食べているが、当然それだけではお腹《なか》が空《す》く。二人共、鍛《たん》練《れん》後にがっつり朝食を食べるのだ。

そうして食堂へ向かう途中、サーモンピンク色の髪をした女生徒が目に入った。

その珍しい髪色に見覚えがないことから、アレッタは、彼女が例の留学生の片割れかな、と見当をつけてフリオに話しかける。

「ねえ、フリオ。もしかして、あの人、留学生の人かな?」

「ん? ああ、そうだぜ。確か、あれは子爵家の令嬢のほうだな」

どうやら、彼は既《すで》に情報を仕入れていたらしい。

「確か、『初恋の人』とやらに会いに来たんだろ?」

「えっ、フリオ、どうして知ってるの?」

オルタンスから聞いた情報を出され驚くアレッタに、フリオは呆れたように肩を竦《すく》めて告げる。

「食堂なんかで話すほうが悪い。あんな場所で話されたら、広められても仕方がないぜ?」

そして、フリーの令嬢にとって広められても困る内容ではないかもしれないが、と付け足した。

「まあ、オルタンス嬢としては広めるのが目的かもな。噂の内容としては、初恋が叶えば素敵だね、と概《おおむ》ね好意的だったぞ。相手によっては、周りが手助けしてくれる可能性があるしな」

その手のことが好きな令嬢もいるからな、と彼は言い、食堂の席に着く。すぐさま給仕が来て、盛り付けられた朝食が提供された。今日の朝食はスクランブルエッグとベーコン、トマトサラダ、コンソメスープに、マッシュポテトと白パンである。

そうして朝食をとっていると、フリオに一人の令嬢が近寄ってきた。

「あの、こちらの席、よろしいでしょうか？」

おずおずとそう尋ねたのは、先程のサーモンピンクの髪色をした留学生だ。

噂の人物がちょうど目の前に現れたことに少し驚きつつも、アレッタはフリオと目配せし合い、どうぞ、と席を勧めた。

アレッタ達が座る席は長方形の長机であり、彼女はフリオと向き合って座っている。隣に見知らぬ誰かが座るのは普通だが、令嬢が一人で男子生徒の隣に座ろうとするのは珍しかった。

国の違いなのだろうかと思いつつも、それは違うと心の奥底で否定の声が上がる。そして、女の勘が囁《ささや》いた――

「――あのう、失礼ですが、フリオ・ブランドン様でいらっしゃいますか？」

「そうだが……」

――この女、フリオ狙いである、と。

口元に浮かべた微笑《ほほえ》みはそのままに、アレッタは目をすっと細める。それを見たフリオは、婚約者が戦闘モードに移行したことに気づき、内心慌てた。嫉妬《しっと》と取れる反応は嬉しいが、その先に起きるのは、ドラゴンの宝を目の前で奪った人間の末路と同じ惨劇である。死にはしなくとも、恐ろしい事態になるのは、傾国と謳《うた》われるオリアナを娶《めと》った現ベルクハイツ子爵が証明している。これは血筋なのだ。

この留学生の顔を変形させるわけにはいかない。フリオはさっさと朝食を済ませてこの場を去るのが賢明だと判断し、食事のスピードを上げた。

「あの、私、今学期からこちらの学園で学ぶことになりましたカルメ公国のリゼット・フォルジュと申します」

「……そうですか」

「フリオ様は三年生なのですよね？　私は二年生なんですけど、気をつけたほうが良いカリキュラムとかありますか？」

「……さあ？　私は騎士科ですので、お答えしかねます」

リゼットの質問には答えるが、フリオの纏《まと》う空気は明らかに迷惑だと告げている。それなのに、そんな彼の態度にもめげず、果敢にリゼットは話しかけていた。——フリオの対面の席で、じわじわと殺気に似た気配を放ち始めたアレッタには、気づいていない。

ある種の緊張状態を形成しだした食堂の一角に、じわじわと視線が集まる。特に騎士科の人間の目が多いのは、アレッタの放つ気配に敏《さと》いせいだろう。彼らは留学生と思《おぼ》しき女生徒がベルクハイツの婚約者に粉をかけている光景を二度見して、マジかよと、その女生徒の正気を疑った。

女同士の諍《いさか》いに男がしゃしゃり出るものではないと言い訳をして、騎士科の男子生徒達は見て見ぬふりをする。女生徒達は本人が決着をつけるべきと目を逸《そ》らした。

大丈夫だ、万が一、手が出るとしても頬を張る程度になるだろう。——留学生の頬骨が砕ける可能性はあるが……

巻き込まれまいと生徒達がじりじりじりと後退していく中、フリオはさっさと朝食を食べ終えて席を立った。

「フリオ様、あの……」

「失礼、食べ終わりましたので、この辺で——アレッタ」

彼に呼ばれ、まだ朝食を完食していなかったアレッタも、席を立つ。

「行くぞ、アレッタ」

「ええ、フリオ」

フリオに手を差し出され、エスコートされながら彼女は食堂を出た。後には、緊張状態から解放されて弛緩した空気と、アレッタの背を困惑と嫉妬《しっと》を混ぜた目で見つめるリゼットが残される。

「何、あのモブ……」

そんな彼女の不満げな呟《つぶや》きは食堂の騒《ざわ》めきの中に掻き消され、誰かの耳に届くことはない。

食堂は緊張状態から解放されたものの、その原因の一人は未だに食堂に残っている。興味と警戒を含んだ視線がリゼットに集まっていた。

しかし、周囲の目を気にしていないのか、それとも気づいてすらいないのか、彼女はただひたすら己《おのれ》の欲望を胸にたぎらせる。

「どうにかヒロインを出し抜けたんだもの。必ずフリオを攻略してみせるんだから……！」

その表情は、ほんの少し前までこの学園にいた少女や、カルメ公国の学園に今も居座る少女によく似ていた。

＊＊＊

食堂での一件から一週間。

その噂は、静かに、けれど恐ろしい速さで広まり、リゼットは孤立していた。

別にいじめられているわけではないのだが、全生徒に見えない壁を作られ、深い関わりを持つことを拒否されているのである。

これは、彼女が粉をかけた相手がベルクハイツの婚約者であったことも大きいのだが、その後の行動が悪かったせいだ。

それは、ある親切な令嬢の忠告から始まった。

「あの、リゼット様。ブランドン先輩に対して、少し距離が近く感じました。我が国では少々感心しない態度です。ブランドン先輩には婚約者がいらっしゃいますので、もう少し遠慮されたほうがいいかと思います」

それは、令嬢の優しさから出た言葉だ。知らずにフリオに粉をかけ、ベルクハイツに睨《にら》まれたら可哀想だと心配したのだ。

そうして、お国が違うから仕方ないかもしれないけど、もう少し距離を置きましょうね、と割とやんわりと注意した。それに対するリゼットの返しが眉《ひそ》を顰めるものだったのだ。

「え？　婚約者？　何それ、設定と違うじゃない！」

言っている意味が分からず、令嬢は困惑する。彼女が首を傾《かし》げているのにも構わず、リゼットはブツブツと呟《つぶや》く。

「もしかして、設定がくるってる？　なんで——そうよ、そうだわ。あのヒロインもそうだったんだもの、私以外にも転生者がいるのかもしれない……！」

内容は聞き取れないものの、リゼットのその姿は不気味だ。令嬢は少し引き気味にそれを見ていたが、それでも勇気を出して言葉を重ねた。

「あの、ブランドン先輩の婚約者であられるアレッタ様のお家は、この国にとって重要なお家でいらっしゃいます。ですので、淑女として適切な距離を——」

「まあ！　では、権力でフリオ様と無理やり婚約したのですね⁉」

リゼットの言葉に、令嬢はぎょっとして目を丸くする。まさか、自分の言葉でそんな結論に着地するとは思わなかったのだ。

「えっ、ち、違います！　ちゃんと両家が合意し、喜びをもって迎えられた正式な婚約です！　この婚約にベルクハイツ家が権力を使ったなど、聞いたこともありません！」

令嬢は慌てて否定するが、リゼットは無視して納得したように頷《うなず》く。

「そう、そうなんだわ。だって、フリオは初恋の人を忘れられない一途《いちず》なキャラだもの。無理やりでもない限り、婚約者ができるはずないし」

そう言って、再び己《おのれ》の考えに没頭するようにブツブツと呟《つぶや》き出《だ》した。

「前作の王太子や他のキャラ達が『ざまぁ』されてるみたいだし、絶対に転生者がいるわね。そこから設定がくるって、彼に婚約者ができたんだわ。そうなると、悪役令嬢が転生者かしら？　一応、彼女を探ったほうが良さそうね。邪魔されたら堪らないもの」

令嬢の言葉は届かず、独り言を言う様子に周囲の生徒も寒気《さむけ》を覚える。一方、令嬢はリゼットに己《おのれ》の言葉を聞く気がないのだと察し、気力がごっそり削られるのを感じた。

この脱力感には覚えがある。先頃までこの学園にいた、男爵令嬢と話している時に感じたのと同種のものだ。あの、何を言っても聞く耳を持たず、忠告をただの嫉妬《しっと》として片付ける話の通じなさ。それが、目の前にいるリゼットとそっくりだったのだ。

嫌な予感がした令嬢は、リゼットから距離を取り、最後に婚約者がいる男性に近づくのは感心しませんよ、とやんわり告げて、さっさとその場を後にした。

そして、その令嬢の嫌な予感は見事に的中する。

「フリオ様！　あの、よろしければ昼食をご一緒に――」

「すみません、約束がありますので」

リゼットが、フリオに付《つ》き纏《まと》い始めたのだ。

「フリオ様～！　勉強を教え――」

「すみません、科が違いますので分かりかねます」

「フリオ様！　私、フィナンシェを作ってき――」

「ああ、魔物は雑食ですから。誘《おび》き出《だ》すにはちょうど良さそうですね。騎士科の教諭に渡してみてはいかがですか？」

しかも、明らかに避けられ、最近ではかなり辛辣《しんらつ》な対応をされている。それでも近寄っていくのだから、リゼットは随分《ずいぶん》と図太い神経をお持ちだと生徒達は噂した。

そんなふうに、彼女は一週間で学園中の生徒達から距離を置かれることになる。

普通であれば、お節介な誰かが何度も忠告してくれるのだろうが、生憎《あいにく》この学園は普通の状態ではない。何せ、とある女生徒が、つい最近まで学園の平穏を引っ掻き回したばかりだ。その女生徒を彷彿《ほうふつ》とさせる人物に、好き好んで近づく人間はいない。

何より、相手が悪かった。よりにもよって、あのベルクハイツの婚約者である。先頃某公爵令嬢とベルクハイツの元婚約者が浮気し、現子爵が王都に乗り込んできたのは記憶に新しい。あの、王都の上空を舞うブラックドラゴンの姿も――

生物の本能が悲鳴を上げるあの存在は、王都中の人間の脳裏に焼き付いて離れない。

あんな恐るべき魔物に騎乗できる人間が率《ひき》いる一族の不興を生徒達は間違っても買いたくないのだ。

これがアレッタに非があるならば、勇気を振り絞る者もいたかもしれないが、今回の件は明らかにリゼットが悪い。周囲が距離を置くのも仕方のないことだ。

そんなリゼットに今でも注意をしてくれるのは、生国《しょうごく》を同じくするオルタンスだけだった。

「リゼット、貴女《あなた》、フリオ・ブランドン様に付《つ》き纏《まと》っていると噂になっているわよ？　あの方には婚約者がいるのだから、淑女として適切な行動を心掛けるべきだわ」

これは、最初に忠告した令嬢と同じく、オルタンスの優しさだ。

令嬢は国が違うからかもしれないがと考えていたが、カルメ公国でも男女の適切な距離はウィンウッド王国と同じである。婚約者がいる男性に必要以上に近づくのは、当然良くないことだ。

リゼットの行動から、彼女の『初恋の人』がフリオだとオルタンスは察したが、婚約者がいるのならば不用意な行動はすべきではないと判断する。そして、不用意に彼女の初恋を応援し、それを広めてしまったことを後悔していた。まさか、リゼットが既《すで》に婚約者がいる男性に積極的に絡み、付《つ》き纏《まと》うとは――そう、自国の学園にいた、オルタンスの婚約者を堕落《だらく》させた少女と同じような行動を取るなど、夢にも思わなかったのだ。

「もう、オルタンス様までそんなことを言うんですか？　私、フリオ様はもっと自由にしても良いと思うんです。権力で無理やり婚約するだなんて、間違ってます！」

それは、いつかの焼き増しのような台詞《せりふ》だった。

――オルタンス様、どうか殿下を解放してあげてください！　望まぬ婚姻なんて、間違っています！

そんな言葉が、オルタンスの脳裏を過《よぎ》る。

彼女は思わず顔を歪《ゆが》めた。

リゼットは、あの少女によって婚約者を奪われた、いわば同胞、同じ被害者であったはずだ。しかし今は、どうだ。彼女は、あの少女と同じことを言っているではないか。

「……リゼット、貴女《あなた》、自分が何を言っているのか分かっているの？」

苦々しい表情でそう問うものの、リゼットは変わらぬ調子で胸を張って言う。

「はい、もちろんです！　私が必ず、あの方を解放してみせます！」

話が通じない。

かつて味わった苛立《いらだ》ちが胸に渦巻《うずま》く。

あの少女もそうだった。貴族の義務、王太子が公爵家の令嬢と婚約する必要性、全てを丁寧に教えた。しかし、あの少女は、そんなのは言い訳だ、本当は王妃の地位が欲しいだけなのだろうなどと決めつけ、オルタンスを責め立てた。

思い出すだけで、腸《はらわた》が煮え返る思いだ。厳しい王妃教育に、どれだけの忍耐が必要だったと思っているのだろう。

オルタンスは、それを王太子への恋心で乗り切った。その想いを、何故《なぜ》あんな女に否定されなければならないのか。

あの少女に、今のリゼットはそっくりだった。

憎悪で自分ごと全てを焼いてしまう前に王太子を捨てて国を離れたというのに、今、同種の女をこの目に入れている。

オルタンスは気を落ち着かせるために深く一度呼吸し、告げた。

「リゼット、一つ言っておくわ。貴女《あなた》がもし、カルメ公国に不利益をもたらすようなことをすれば、私は貴女《あなた》を止めなくてはならないわ」

「オルタンス様、そんな心配は——」

「いいから聞きなさい、リゼット」

オルタンスの言葉に、リゼットは笑みを浮かべて心配いらないと告げようとする。オルタンスはそれを遮《さえぎ》って、真剣な口調で言った。

「よく心に留めておきなさい。私はカルメ公国の筆頭公爵家、ルモワール公爵令嬢として、カルメ公国の利となる存在でなくてはならない。そして、それは貴族の血が流れる貴女《あなた》もなのよ、リゼット」

諭《さと》すようにそう言ったが、リゼットは真面目に聞いているように見えて、内心では面倒だと思っているのが透《す》けて見えた。

「その義務に反する行動を取るなら、それ相応の対応をせざるを得ないわ。いいこと、繰り返して言うわよ。私に、貴女《あなた》を止めさせるような行動を取らせないでちょうだい」

オルタンスの願い交じりの忠告を、リゼットは素直に頷《うなず》いて受け入れた。しかし、その様子はあまりにも軽い。

この忠告は軽く受け止めてはならないものだ。何故《なぜ》なら、この『止める』という行為は、最悪命を奪う、と同義である。

流石《さすが》に、そこまで取り返しのつかないことを仕出かす前に、本国へ強制送還するつもりではあるが、場合によってはその手段を取らねばならない。

話し合いを終え、リゼットが退室した後、オルタンスはどうしようもない苛立《いらだ》ちと脱力感を抱きながら、使用人に指示を出す。

「紙とペンを持ってきてちょうだい。お父様と、フォルジュ子爵へ手紙を書くわ」

リゼットはきっとやらかすだろう。確信があった。

オルタンスはさっさとリゼットを強制送還させ、子爵家に引き取らせるのが一番被害が少ないと考える。

「せっかく留学したのに、どうして再び非常識女に煩《わずら》わされなければいけないのかしら……」

小さく零れた愚痴は、冷めた紅茶と共に喉の奥へ流し込まれた。

第四章

リゼットがフリオに付き纏《まと》い始めて半月ほどの時が流れた。

フリオはリゼットに話しかけられても、すぐに会話を切り、その場を離れるようにしているが、それでも追ってくるのだから堪らない。明らかに嫌がっているため、時折親切な人間が適当な用事を作って引き離したり匿《かくま》ってくれたりするものの、リゼットがめげることはなかった。

「私のほうからも注意したんだが……」

そう言って溜息《ためいき》をついたのは、数学の教師であるローレンス・ガドガンだ。

昼休みにアレッタとフリオがリゼットの目から隠れるように弁当を持って移動しているところを、ローレンスが声をかけ、彼の研究室へ招いたのだ。

彼は、少なからずベルクハイツ家と縁のある人物だった。ベルクハイツ家次男のバーナードの同級生であり、友人でもある。

ローレンスはバーナードを友人だと思っているものの、在学中それはもう苦労をかけられたため苦手意識も持っていた。できれば物理的な距離を置いておきたいというのが彼の本音だ。

そのため、バーナードの妹を職務から外れない程度に気にかけ、兄が王都に出てこなくて済むよう周囲に働きかけている。

そんなふうに、友人の妹だからと気にかけてくれるローレンスに対する素直な脳筋《バーナード》の信頼度はガンガン上がっていっており、バーナードのほうは彼を親友扱いしている。

「先生までそんなことを言うなんて、と話にならん。あれはリサ・ルジアより質《たち》が悪いぞ。少なくとも、彼女は途中で我に返る程度の客観性があったからな」

リサ・ルジアは、一学期で退学した元男爵令嬢であり、ウィンウッド王国の高位貴族の令息達を堕落《だらく》させた例の女生徒だ。彼女はマデリーンの指摘によって我に返り、令息達と距離を置こうとした。しかし失敗に終わり、最終的に学園を去ったのだ。

「まあ、今のところアレッタとは積極的に関わるつもりがないのが不幸中の幸いですね」

「そうだなぁ」

男達はうんうん頷《うなず》き合い、アレッタは唇を尖《とが》らせる。

「別に、絡まれても大丈夫ですよ。むしろ、向こうから手を出してほしいくらいです。そうしたら、私もやり返すのに……」

そんな彼女の言葉に、ローレンスは青褪《あおざ》め、フリオは遠い目をした。二人は、顔の形が変わったリゼットを想像したのだ。

フリオが一つ咳払いをし、話題を戻す。

「まあそれで、あのリゼット嬢は、貴方は自由になるべきだ、だの、権力に負けないで、だのと俺に言ってくるわけですが、それだけじゃなく、どういうわけか叶わぬ初恋を引きずっていると思われてるんですよ。俺の初恋、もう叶ってるんですけどね」

そう言って、チラ、と流し見られ、アレッタは恥ずかしくなって目を逸《そ》らした。

そんな若者達のやり取りに、イケメンなのに独り身という悲しい身の上のローレンスは、心に隙間風が吹くのを感じつつ、口を開く。

「話を聞かず、勘違いも酷《ひど》いお嬢さんだな。これでその『初恋の人』の正体がベルクハイツと知ったら面倒なことになりそうだ」

その言葉にフリオは嫌そうな顔をし、アレッタは手を出された日が相手の命日だ、と言わんばかりの輝く笑みを浮かべた。

その笑顔を見て、リゼットをアレッタに近づけてはならないと確信したローレンスが、そっと胃を押さえる。学生時代によくお世話になった胃薬を買いに行かなくては……、と心の中で呟《つぶや》く。

「とりあえず、俺は現状維持で、できる限り逃げ回ります。オルタンス嬢がフォルジュ子爵家に連絡を入れたそうなので、もう少しすれば動きがあると思うんです。実家から何か言われて大人しくなるか、そのまま国に帰るなら、それで良いですからね」

関われば関わるだけ面倒になりそうだとフリオが言うのに、ローレンスが頷《うなず》き、アレッタはできるなら一度ガツンと……、と零しつつも渋々首を縦に振った。

そんな彼女に苦笑いしながら、ローレンスが言う。

「まあ、そういうことなら、私の研究室を避難場所にしなさい。教師の研究室には許可がなければ入れないからな」

ローレンスは一見冷たそうな美形だが、緑の瞳を緩めれば、その人の好さが瞳に滲《にじ》み出《で》る、学園でも人気のある教師だ。

「私もできる限り協力する。くれぐれもバーナードが王都に来る事態にだけはならないよう、気をつけてくれ」

少しおどけたその物言いに、アレッタとフリオは苦笑する。

どんなに迷惑をかけられても、物理的に距離を置いておきたいと願っていても、それでもローレンスは未だにバーナードを友と呼んでいる。学生時代に、人が聞けば同情するような騒動に幾度も巻き込まれたのに、それでも友人関係を切らなかったのは、そのお人好しな性格故《ゆえ》である。

「先生、そんなだからバーナード兄様に好かれるんですよ」

アレッタの言葉に、ローレンスはげっ、と嫌そうに呻《うめ》き、大きな溜息《ためいき》をついた。

＊＊＊

「――もう、また見失っちゃったわ！」

そう言って桃色の唇を尖《とが》らせるのは、サーモンピンクの髪色をしたカルメ公国からの留学生、リゼット・フォルジュ子爵令嬢だった。

彼女は中庭に面した廊下で辺りを見回すが、目的の人物――フリオは見つからない。

一つ溜息《ためいき》をついて廊下を歩き去る彼女の後ろで、そっと柱の陰から姿を現したフリオに気づくことはなかった。

一方、リゼットは歩きながら不満そうにポツリと呟《つぶや》く。

「最近はお昼もご一緒できないし、なんのためにウィンウッドへ来たのか分からないわ」

彼女は、フリオに会うためにウィンウッド王国に来たのだ。自国にいる時も、わざとヒロインが自分の婚約者を攻略するのを黙って見ていたのである。

「せっかく、『ナナホシ』の世界に転生したのに……」

リゼットは、『リゼット・フォルジュ』として生まれてくる前の記憶を持っていた。所謂《いわゆる》、前世の記憶というものである。

前世の彼女は、乙女ゲームが大好きな少女だった。その少女が特に好んでいたのが、『七色の星』という名の乙女ゲームだ。中でも、隠しキャラの『フリオ・ブランドン』がお気に入りだった。

彼は全キャラを攻略した後、ゲームのヒロインが三年生になってから登場するのだ。フリオはウィンウッド王国の王弟殿下の護衛騎士なのだが、たった一年で攻略しなければならずハードスケジュールなのと、そこに至るまでに他のキャラの確定ルートに入りやすいため、攻略が難しい。

そんな彼の肝心のキャラ設定だが、別の人間と婚約している初恋の人が忘れられず、他国を飛び回る外交官である王弟殿下の護衛騎士の一人として、乙女ゲームの舞台であるカルメ公国の情報収集をしているというキャラだ。

攻略方法は、ランダムに色んな場所に出没する彼と決められた回数以上会い、起こるイベントでの選択を間違えず、間に入るミニゲームで高得点を出すこと。ここで一番難しいのが、出現場所がランダムでそう簡単には会えない、ということである。

「まさか、学園内でもなかなか会えないだなんて……」

リゼットは少し疲れたように溜息《ためいき》をついた。

彼女は自分が『七色の星』の世界に、悪役令嬢の一人である『リゼット・フォルジュ』として転生したのだと気づいてからというもの、フリオを攻略すると決めている。

ところが、ゲームの舞台である学園に入学した時に、予定外のことが起きた。ヒロインもリゼットと同じ転生者だったのだ。

彼女は効率良く、一年足らずの間に六人のキャラを落とす。

残るは隠しキャラのフリオだけとなり、まずいとリゼットは焦った。どうも、ヒロインはフリオも狙っているようなのだ。その証拠に、どれだけ攻略対象達にアプローチされても「ワタシ、ドンカンだから分からないナ？」とばかりにカマトトぶってそれを躱《かわ》し、各キャラの確定ルートに入らないように調整している。

鼻につく女だが、男を落とす手腕は確かなもの。このままでは、フリオも落とされてしまう。そう考えたリゼットはフライングすることにした。

「フリオがカルメ公国に来たのは、学園を卒業してからすぐってゲーム中で言ってたのよね。だから、きっと今ならウィンウッド王国の学園にいると思ったのよ。アタリで良かったわ」

そう、リゼットはゲーム内でフリオが落とした情報を覚えていたのだ。それだけではなく、ゲーム内でフリオが仕えていた相手が、『七色の星』の前作である『七色の恋を抱いて』での隠しキャラ――ウィンウッド王国の王弟レオンであることも記憶している。

かくして、リゼットは自らウィンウッド王国へ乗り込んだ。

しかし、ここでも予想外なことが起きていた。

「まさか、この国にも転生者がいて、フリオに婚約者ができてるだなんて……」

淑女らしからぬ舌打ちをして、リゼットは忌々《いまいま》しげに呟《つぶや》く。

「どうも、レーヌ・ブルクネイラが転生者っぽいのよね、『ざまぁ』し返してるし……。前作の乙女ゲームの舞台だったから調べればすぐに分かったけど、まったく、余計なことをしないでほしいわ。おかげで、フリオに余波がいってるじゃないの」

前作の悪役令嬢の一人であるレーヌが転生者ではないかと見当をつけるのは、とても簡単だった。何故《なぜ》なら、彼女は一学期の夏至《げし》祭で婚約者だった元王太子に冤罪《えんざい》を吹っ掛けられ、断罪されそうになるも助かっているからだ。

レーヌは自らにかけられた疑惑を払拭《ふっしょく》し、真実愛する人の手を取り――失敗した。

「せっかく『ざまぁ』したのに、肝心なところでコケるとか笑っちゃうわ。婚約者に浮気された被害者が、婚約者持ちの男に粉かけてるんだから、バカみたい！」

リゼットはそう言ってレーヌを馬鹿にするが、それ以上に自分が愚かなことをしている自覚はない。質《たち》の悪さは比べるべくもなかった。

「もう、どうしようかしら。フリオとはなかなか会えないし、オルタンスはうるさいし……」

最初はオルタンスもリゼットの恋に協力的だったのだ。もしかして、彼女はお助けキャラになるのではないかと思っていたのだが、フリオに婚約者がいると知るや否や、リゼットをやんわりと止め、最終的には咎《とが》めるようになっている。

その上、実家に連絡したらしく、両親から叱《しか》るような手紙が届いた。鬱陶《うっとう》しいもののただの手紙なので、火をつけて暖炉に放り込んでスッキリする。

オルタンスがお助けキャラじゃなくてがっかりしたが、元々彼女は悪役令嬢の一人。仕方がないと思い、リゼットは彼女の説教を聞き流している。

使えないのは周りのモブもそうだ。学園の生徒達はリゼットを蔑《ないがし》ろにはしないものの、やんわりと距離を置き、壁一枚挟んだような付き合いしかしない。誰もリゼットの恋を手助けしてくれず、むしろやめておけ、と阻む者が多かった。

「きっと、それだけフリオの婚約者の権力が大きいんだわ」

その結論は間違いではないが、正解でもなかった。周りの生徒達は、ただ単純に、生物的な本能で、触らぬ神に祟《たた》りなし、という態度をとっているだけである。

ベルクハイツは恐ろしい力を持っているが、その力を振りかざす時は、理不尽な不利益を被《こうむ》った時だけの、善良な貴族である。善良でなければ『深魔《しんま》の森』を有する領を治め続けるなどしないだろう。

そんなことは知らない――知ろうともしないリゼットは、フリオの婚約者を『悪役令嬢』として扱い、自らは『ヒロイン』らしい行動を心掛けていた。あくまで目的はフリオの解放であり、誰かを傷つけることではない。

フリオに権力に抗《あらが》おう、力を貸すと訴え続ける。しかし、彼はいつもリゼットの話を遮《さえぎ》り、さっさと姿を消す。最近では話しかけることも難しくなってしまった。

「やっぱり、婚約者のほうに接触するしかないのかしら……」

今まで、リゼットはフリオの婚約者に接触しようとはしなかった。何故《なぜ》なら、悪役令嬢に自分から積極的に絡みに行くヒロインはあまりいないからだ。

「あっちから絡んできてくれれば楽なのに」

悪役令嬢がヒロインに文句を言い、ヒロインがそれを受け傷つくか言い返すかして、物語が盛り上がるのだ。

「その時にフリオがその場にいて、私を庇《かば》うのよね。それで悪役令嬢が怒って、いじめが始まるのよ」

フリオさえいれば、いじめになんかに負けないと浮かれるリゼットの、的外れな妄想は続く。

「いじめに抗《あらが》い続ける私にしびれを切らした悪役令嬢によって命の危機に曝《さら》されるけど、フリオが颯爽《さっそう》と助けに来てくれるのよね。その事件が原因で悪役令嬢が断罪されて、私とフリオはハッピーエンド！　完璧だわ！」

リゼットはスカートを翻《ひるがえ》し、くるりとターンして笑う。

「断罪はやっぱり卒業式かしら？　あ、その前に文化祭があるから、デートイベントがあるわね！　文化祭は十月の終わり頃だし、デートイベントでヘイトが溜まって十一月に爆発、ってところかしら？」

リゼットは足取り軽く、人気《ひとけ》のない暗い廊下を歩く。

「やっぱり、物語が盛り上がるために『悪役令嬢』は必要よね。仕方ない、あっちが来てくれないんですもの、私から行ってあげなくちゃ！」

あまりにも自分勝手な、第三者が聞けば正気を疑うようなことを言いながら、リゼットは今後の予定を立てた。

「えっと、確か『悪役令嬢』は一年生だったわね。家柄はどうだったかしら？　権力があるんだから、公爵家とか？　けど、一年生にそんな家柄の子いた？」

流石《さすが》のリゼットも、高位貴族の所属学年や、名前くらいは覚えている。彼らに目を付けられれば自分の行動に差《さ》し障《さわ》りが出るからだ。

それを思い付く頭があるのに、目的のために他の全てを無視している彼女は気づいていなかった。そもそも、前提が破綻《はたん》していることに……

フリオの初恋の人――アレッタの婚約は解消され、フリオと結ばれることになり、彼は愛する人を手に入れている。既《すで》に満たされ、我が世の春を謳歌《おうか》するフリオに、『ヒロイン』が埋める心の隙間などない。当然、『ヒロイン』も必要ないのだ。

それを知らぬリゼットは、上機嫌に笑う。

「まあ、なんでもいいわ。所詮、踏み台だもの」

そんな悍《おぞ》ましいことを言いながら、リゼットは進み続けた。その先が、行き止まりとは知らずに……

第五章

アレッタは不満に思っていた。

何をかというと、フリオが徹底してリゼットと接触させないように手を回していることに気づいたのだ。

彼の手回しが上手《うま》くいっているのは、これまでリゼットが積極的にアレッタに接触しようとしていないことと、アレッタが受け身の姿勢だったおかげだ。

しかし、こうも長期間に亘《わた》って婚約者に付《つ》き纏《まと》うなら、話は別である。流石《さすが》に不快だし、苦情を言わねばなるまい。

フリオがあからさまに迷惑がり避けているにもかかわらず、リゼットがしつこく絡みに行っているのだ。彼女の実家にも話がいき、もう、何かしらのアクションがあってもおかしくない頃合いなのに、付《つ》き纏《まと》いが続いている。態度を改める気がなく、事態は膠《こう》着《ちゃく》していると見て間違いない。

事態を動かすためにアレッタが一石投じる必要があった。

ところが、どうもフリオはその一石でリゼットの顔面をかち割ろうとしているとでも思っているらしく、先回りしてアレッタとリゼットの接触を邪魔するのだ。

全くもって心外である。口では色々言うが、武人の端くれたるアレッタには、リゼットに手を上げるつもりはない。アレッタが手を出せば、フリオの予想通りリゼットの顔の形が変わるからである。

やるなら口で戦い、威圧するだけだ。

なお、アレッタの威圧は、中級下位の狼型の魔物が尻尾《しっぽ》を足の間に挟んで全速力で逃げ出すほどの威力があるが、顔の形が変わるよりはきっとマシである。……多分。

まあ、そういうわけでアレッタはリゼットと接触したいのだが、フリオの手回しで遮《さえぎ》られていた。まずフリオを説得しなければならない。

アレッタは彼を人気《ひとけ》のない場所に呼び出す。

「フリオ」

「どうした、アレッタ。アレッタのほうから会いたいと言ってくるなんて珍しいな」

笑顔でこちらに近づいてくるフリオだったが、アレッタの微笑《ほほえ》みに何かうすら寒いものを感じたのか、途中で笑顔を固まらせた。

「フリオ」

アレッタの再びの呼びかけに、反射的に逃げの体勢を取ろうとする。けれど、彼女のほうが早い。

アレッタは一瞬でフリオの懐《ふところ》に飛び込み、そのまま壁に押し付けて流れるように足払いをかけ、尻もちをつかせた。

そして最後に、逃げられないよう腕で囲い込む。

背後の壁。前面のアレッタ。フリオを囲い込む腕。

つまり、乙女の夢、『壁ドン』である。

——あれ、俺がされるほうなの？

そう言わんばかりの顔をするフリオに、アレッタはにっこり笑いかける。

「ねえ、フリオ。なんで、私がリゼットさんとお話ししようとするのを邪魔するの？」

「え。いや、それは……」

気まずそうに視線を泳がせる彼に、告げる。

「私、フリオが心配するみたいに、リゼットさんに手を上げるような真似はしないわよ？これでも武人ですもの。どんなに不快な方でも、力のない令嬢に手を上げたりしない」

「まあ……、そうだな」

武人であることを前面に持っていくと、ベルクハイツたるアレッタをよく知るフリオは頷《うなず》く。けれど、完全には納得していないらしく、その声音には苦いものが混じっている。

「……フリオはそんなにあの人と私が関わるのが不安……いや、違うわね。嫌なの？」

何故《なぜ》？　と首を傾《かし》げるアレッタに、フリオは暫《しば》し呻《うめ》いた後、観念したように口を開いた。

「あのな、俺はずっとお前が好きだったんだよ。それなのに、横からかっ攫《さら》われて、最近ようやく手に入れられたわけだ。それがたった数か月でこの有様《ありさま》だ。面倒を大きくするより、静観して流れを見極め、あのお嬢さんが勝手にコケるのを待つほうが……お前を失う可能性は低い、と考えたんだよ」

その言葉に、アレッタは目を丸くする。

フリオが言うには、リゼットの実家は子爵家ながら、国元ではそれなりに大きな権力を有しているらしい。それこそ、婚約者がいる他国の伯爵家の三男坊を娘の婿《むこ》にする程度、容易《たやす》いくらいには……

「まあ、俺はベルクハイツ家の次期当主の婚約者だから、実際にはできないだろうが、小さな可能性でも潰しておきたいんだよ」

つまり、アレッタと別れたくないから、我慢しているし、我慢してほしいらしい。

なんともまあ弱気で、可愛らしいことだ。アレッタは呆れつつ苦笑する。

「フリオ」

彼の両頬を手で包み、俯《うつむ》き気味だった顔を上げさせた。

「ねえ、フリオ。貴方、ちょっとベルクハイツ家を分かってないわ。あのね、そんな小さな可能性なんて、見なくて良いの。潰すのは、そんな小さな可能性じゃないのよ」

彼女は獰猛《どうもう》に嗤《わら》う。

「潰すなら、相手の全てよ」

言い切ると、フリオは身を固くする。

「我がベルクハイツは、ウィンウッド王国の生命線。何者にも侵されず、全てを薙《な》ぎ払《はら》う者でなければならない。たとえ我が国の王であっても、理不尽を許してはならない。何故《なぜ》なら、我らが折れれば、その時が国の終わりだから」

その瞬間、『深魔《しんま》の森』から魔物が溢れ出し、この国を呑み込むだろう。

「敵は全て薙《な》ぎ払《はら》い、叩き潰す。二度と、我ら《ベルクハイツ》に手を出そうと思えなくなるまで」

アレッタはひたり、とフリオの目を見つめて言う。

「フリオ。私は貴方のモノだけど、貴方は私のモノなんでしょう？　ベルクハイツは、自分のモノに手を出されるのをとても嫌がるのよ」

知ってるでしょう？　と言われてフリオが思い出すのは、現ベルクハイツ家の当主アウグストだ。妻《オリアナ》に寄ってくる虫《おとこ》は、豪快かつ派手に追い払う。彼はガチで物理的に複数の男を薙《な》ぎ倒《たお》したことがあるのだ。

「ねえ、フリオ。少し不思議に思ってたんだけど、どうして私のお母様に相談しないの？」

「え？」

アレッタの疑問に、フリオは目を丸くする。

「そんなにおかしなことを聞いた？　だって、他国にまで手を回すには、今のフリオじゃちょっと手の長さが足りないわよね？　なら、お母様の手を借りたほうが良いわ。こういう時、お母様はお祖母《ばあ》様に相談していたもの」

それとも、これは男と女の違いなのかな、と首を傾《かし》げるアレッタに、フリオは強張《こわば》っていた体の力が抜けていくのを感じていた。

彼は、今ようやく自分がベルクハイツ家の一員として数えられているのだと実感したのだ。試されるのではなく、教育され、協力を得られる立場なのだと。

もう、アレッタの伴侶の席を誰にも奪われない、奪うことをベルクハイツ家の人間全てが許さないのだと知ったのだ。

フリオの安堵《あんど》に気づいたアレッタは、心外だとばかりに顔をしかめる。

「フリオ、私が貴方を手放すとでも思っていたの？　私のモノになった、貴方を？」

不機嫌そうな彼女に、フリオは慌てて何か言おうとするが、それよりも早く動く。

「フリオ、貴方、ちょっと自覚したほうが良いわ。ベルクハイツの伴侶が、どういうものかを」

——だから、ちょっと、私に食べられちゃえば良いのよ。

そう言って、アレッタはフリオの唇に噛みついた。

＊＊＊

「おれがくわれるほうなの……？」

そう弱々しく言いながら、フリオは乙女の如《ごと》く顔を真っ赤に染め、それを両手で隠して無様《ぶざま》に転がっていた。

その傍《そば》には、ご馳走様《ちそうさま》、と言わんばかりの表情でペロリと唇を舐《な》めるアレッタがいる。

ベルクハイツは弱肉強食。弱いほうが喰われるので、これで正しいのである。

「お前、つい最近まであった初々《ういうい》しさをどこに落としてきたんだ」

「さあ？　最近イライラしてたから、つい目の前の獲も——ご馳走《ちそう》に飛びついちゃって」

「今、獲物って言おうとしたな？」

ご馳走《ちそう》も大概だぞ、とブチブチ文句を言いつつも、フリオがノロノロと身を起こした。

しかし、未だに熱のひかない真っ赤な顔で文句を言われても、ちっとも怖くない。

「まったく、人が来たらどうするつもりなんだ。淑女がして良い行動じゃないぞ？」

「大丈夫。人の気配には気をつけてたから」

「なんという才能の無駄遣い……」

気配を読むなど容易《たやす》い、と仕事人みたいな顔で言うアレッタに、彼は呆れた様子で溜《ため》息《いき》をつく。

「とりあえず、フリオは私がリゼットさんと接触するのを邪魔しないでほしい。それから、お母様に報告、連絡、相談をすべきだと思うわ。男のプライドとかあるかもしれないけど、ベルクハイツの伴侶のノウハウを学ぶチャンスだと思って呑み込んで」

「いや、別にプライド云々《うんぬん》は大丈夫だ。ただ、婚約前の感覚が抜け切れてなかったんだよ」

そして頬を掻いた。

「俺、もうベルクハイツの一員に数えられてるんだな」

「んん？　当たり前じゃない」

アレッタが少し驚いて、何を今さらと言うと、彼は嬉しそうに、そうかと笑う。

大体において、フリオは婚約前から半分身内扱いだった。今思えば、ルイスが婚約者だった頃も彼よりよっぽど近しい存在だったたし、婚約者になって以降は完全に身内扱いだ。

ベルクハイツが本来婚約者として目を付けていたのはフリオなのだと、アレッタも婚約してからようやく気づいた。色々と画策されていたらしいアレコレが目に付き、ルイスとの婚約破棄は最初から計画されていたのだと感じたのだ。

当初、思わず、うわぁと呻《うめ》き、母であるベルクハイツの麗《うるわ》しの悪魔に極上の微笑《ほほえ》みを向けられてもいる。アレッタは中央が何かやったせいなんですね、と察して、諸々から目を逸《そ》らしていた。

そうした経緯もあって、フリオはとっくに身内扱いというか、伴侶扱いをしていたのだが、当人は気づいていなかったらしい。

これは、未来の伴侶たるアレッタの落ち度だろう。婚約前後の時は照れが前面に出ていたし、慣れると落ち着きが出すぎて婚約前とあまり態度が変わらなかったかもしれない。これからは、もっと両親や兄達を参考に積極的になるべきか、と考え、一人うんうんと頷《うなず》く。

そんなことは露とも知らず、フリオがやれやれとんだ目に遭《あ》った、とばかりに服についた汚れを叩きながら立ち上がる。

「アレッタの気持ちは分かった。オリアナ様に相談してみるから、接触はちょっと待ってくれ。保険をかけておきたい」

「えー？　うーん、まあ、分かった」

その言葉に渋々頷《うなず》くと、彼はすぐだから、と苦笑してアレッタの頭をくしゃりと撫《な》でた。

「リゼット嬢とどうぶつかるにしろ、被害は抑えるに限るだろ？」

「んー、まあ、それは理解しているんだけどね……」

鬱憤《うっぷん》が溜まっているのだ。

「面倒なことが起きても、すぐに回収して、相手に被害請求を回せるようにしておきたいんだよ。大体、一番迷惑を被《こうむ》ってるのは俺だぜ？　そのぶん、きっちり回収したい」

確かに、一番迷惑をかけられているのも、鬱陶《うっとう》しく不快な思いをしているのもフリオだ。

他国であろうと、力のある家に貸しが作れるなら作っておきたいというのも本音だろう。

「ウチのブランドン家じゃ、なあなあで終わらされるが、ベルクハイツ家ならあっちも気を使わざるを得ない力があるからな」

フリオには、ベルクハイツ夫人の手を借りれば、必ず上手《うま》くいくという確信があった。

むしろ、今回作る貸しを、どう有効活用できるか実地で教えてもらえるに違いない。

そんな予想を立てた彼はニッと笑い、言う。

「あんなアホ娘を国外に出したんだ。その不手際の責任は取ってもらわなきゃな」

その笑顔は少々迫力は足らないものの、ベルクハイツの悪魔《オリアナ》にそっくりだった。

＊＊＊

ひとまずリゼットと接触しないと約束したアレッタだったが、その約束は残念ながら意味をなさないものとなった。

何故《なぜ》なら、リゼットのほうから接触してきたのだ。

授業が終わり、さあ昼ご飯だ、と席を立ったアレッタは、微妙に困った顔をしたクラスメイトに呼ばれる。

「アレッタさん、あの、先輩が呼んでるのだけど……」

「え？　どなた？」

クラスメイトはチラ、と教室の入り口に視線を投げ、苦い表情で告げた。

「リゼット・フォルジュ先輩よ」

「えっ⁉」

驚いてアレッタも入り口に目を向けると、そこにはサーモンピンクの髪の美少女がいる。その表情は男の庇護欲を誘うような不安げなものだったが、女の目から見れば演技だと分かる代物《しろもの》だ。

そして、演技と分からずとも、その不安げな表情に引っかかる男はこの教室にはいない。あの女はベルクハイツに喧嘩《けんか》を売った地雷女だという意識が浸透しているからだ。

男達は顔には出さないようにしながら恐々とリゼットを避け、教室から出ていく。疫病神の如《ごと》き扱いであった。

つい先頃フリオと約束したばかりだというのに、どうしたものかと思いつつも無視はできず、アレッタはリゼットのもとへ向かう。

「あの、何かご用でしょうか？」

「ええ。えっと……、ちょっとお話ししたいのだけど、良いかしら？」

不安げな、いかにもか弱い可憐な令嬢らしい様子でリゼットは言うが、その言葉には「当然ついてくるわよね？」という高慢さが見え隠れしている。アレッタの女としての感情が「は？」と恐ろしく低い声を出させた。

目に見えぬ世界で、高らかにゴングが鳴った瞬間である。

「構いませんが、婚約者と一緒に昼食をとる約束をしていますので、手短に願えますか？」

言外に、お前が追い回している男と仲良く食事を共にする仲です、と言ってやる。リゼットは一瞬不快そうに顔を歪《ゆが》めるが、それを瞬時に隠して、ショックを受けました、と言わんばかりの辛《つら》そうな顔を作った。何も知らぬ男なら、コロッ、と騙《だま》されそうな見事な演技力だ。

「そんな……、け、けど、私、どうしても貴女《あなた》と二人でお話ししたくて……」

リゼットは少し怯《おび》えたふうに、けれど毅然《きぜん》と顔を上げて――と、どこぞのヒロインのように振る舞う。たいした演技力だと感心するものの表情を変えず、アレッタはただじっとリゼットを見る。

しかし、そんなアレッタとは違い、周りの生徒達――特に女生徒は、なんだあのぶりっ子は、とばかりに目を細めた。

女という生き物は、男受けする態度をあからさまにとる女、つまり、男に媚《こ》びる女を嫌う生き物である。故《ゆえ》に、貴族の令嬢達は冷ややかな視線をリゼットに浴びせていた。

まだ教室内に残っていた男達まで、令嬢達の様子に本能的なうすら寒さを感じ、そそくさと教室を出ていく。

「申し訳ありません。婚約者から見知らぬ方とは二人きりになることは避けるよう言われていますので、人目のある場所で誰かを交えてのお話をお願いします」

「あ、そうね。ごめんなさい、自己紹介がまだだったわ」

アレッタは、お前が信用ならないので二人きりになりたくありません、と言ったのだが、リゼットは『見知らぬ』という箇所だけ受け取って話し出した。

「私は二年生のリゼット・フォルジュというの。カルメ公国からの留学生で、今学期からこの学園に通っているわ」

そう言い、気弱そうに小首を傾《かし》げる。

「けど、見知らぬ、というのはちょっと違うと思うわ。食堂でお会いしたことがあるわよね？」

確かにそうだが、自己紹介もし合っておらず、あからさまに己《おのれ》の婚約者に粉をかけられた現場を初対面の場としていいのか。そう言ってやりたいのをアレッタはぐっと我慢した。それを口にすれば、きっと面倒なことになると分かっていたからだ。

さて、どうしようかと思っているところに、名を呼ばれる。

「ベルクハイツ、ちょっといいか？」

「あ、はい。ガドガン先生」

アレッタを呼んだのは、ローレンスだ。

「すまんが、手を借りたい。あー、フォルジュ。ベルクハイツとの話は急ぎか？」

「あ、いいえ、大丈夫です……」

少し驚いた様子で、けれどどこか喜色の混ざった声色でそう答えたリゼットに、なら大丈夫だな、と遠慮なくローレンスはアレッタをその場から連れ出す。そして、リゼットの姿が完全に見えなくなると、眉間《みけん》に皺《しわ》を寄せてそっと小さな声で言った。

「お前の婚約者が俺の研究室で待ってるぞ。まったく、教師をパシリに使うとは、良い度胸だよ」

「えっ、あ、そうなんですか？　えっと、お手数おかけしてすみません、先生」

どうやら、フリオがアレッタの状況を知り、あの場から連れ出してほしいとローレンスに頼んだらしい。

「いいさ、俺も教師だからな」

それにバーナードより何倍もマシだ、と大きな溜息《ためいき》と共に吐き出された言葉に、アレッタは視線を逸《そ》らしたのだった。

＊＊＊

あの教室での一件から、リゼットは積極的にアレッタと接触を図るようになった。

アレッタとしても話をするのはやぶさかでないのだが、フリオからゴーサインが出ていない。なんだかんだ理由をつけて逃げ回っている。

この日もまた渡り廊下でリゼットを見つけ、踵《きびす》を返して速足で廊下を歩いていた。そして、後ろを気にしながらも廊下の窓が開いているのに気づき、そこから脱出することにする。

ちなみに、現在の位置は二階だが、都合の良いことに青々と葉を茂《しげ》らせた大木が近くに生えており、人気《ひとけ》もない。アレッタはためらうことなく窓枠に足をかけ、大木へ飛び移る。令嬢でありながら、戦士でもある彼女にしかできない荒業《あらわざ》だ。

まさか令嬢が二階の窓から木に飛び移るなどとは思わないだろうし、木には葉が多く茂《しげ》っており、アレッタの姿を上手《うま》く隠してくれた。後から追ってきたリゼットは窓の外の木に隠れるアレッタに気づかず、廊下を通り過ぎていく。

そうして、アレッタが小さく安堵《あんど》の溜息《ためいき》をついた時である。

「あっ！」

「あら、貴女《あなた》、確か……」

廊下の向こうから元王太子アラン・ウィンウッドの婚約者であった公爵令嬢、レーヌ・ブルクネイラが出てきた。

片や現在の婚約者に付《つ》き纏《まと》う女、もう一方は元婚約者であるルイス・ノルトラートの浮気相手。アレッタにとってはどちらも苦い思いがある令嬢である。

微妙な心境で見ていると、二人はアレッタの存在に気づかず、まさかの会話を始めた。

「そう、確か、カルメ公国から留学して来た方ですわね？」

「……ええ、そうよ。それで、アンタはレーヌ・ブルクネイラ公爵令嬢で、転生者でしょ？」

常に被っている猫を全て引っぺがし、ふてぶてしい態度で見下すかの如《ごと》く目を細めるリゼットに、レーヌがぎょっとする。

「な、何を――」

「だって、アンタ悪役令嬢のくせに婚約者だった王太子を蹴り落としてるし、ゲームのキャラと明らかに様子が違うしさ」

彼女は動揺して口を意味なく開閉させていたが、すぐさま態勢を立て直し、不遜《ふそん》な態度のリゼットを睨《にら》みつけた。

「そうね。そういう貴女《あなた》も、転生者なんでしょう？」

その言葉に、リゼットは特に表情も変えず鼻で嗤《わら》うだけだったが、窓の外のアレッタは驚く。

レーヌや例の婚約破棄騒動の中心人物だったリサは転生者だろうと推測していたが、リゼットもそうだとは思っていなかったのだ。

確かにリゼットはリサと似た行動を取っていたが、乙女ゲームの攻略対象であるローレンスに対する興味が薄く、攻略対象ではないフリオに執着している。そのせいで、彼女は違うだろうと思っていたのだ。

しかし、次の瞬間、思いもよらぬ情報をレーヌが語った。

「続編の悪役令嬢である貴女《あなた》とオルタンス様がこの国にいるなんて、明らかにゲームの設定から逸脱《いつだつ》した事態だし、隠しキャラのフリオ・ブランドンに纏《まと》わり付《つ》いているし……。高位貴族でもない、しかも婚約者持ちの男に纏《まと》わり付《つ》くなんて、転生者じゃなければ、ただの物好きなアバズレだわ」

割とブーメランな台詞《せりふ》ではある。それはともかく、その言葉の内容はアレッタを納得させると同時に、驚かせた。

まず、あの乙女ゲームに続編なんて出てたの、とびっくりする。そしてフリオがその続編で隠しキャラだったということに、頭痛がする思いだった。

確かにフリオはなかなかのイケメンだし、母に鍛《きた》えられただけあって優秀で、ある意味キャラが立っている。とはいえ、まさか続編の乙女ゲームの攻略対象になっているとは夢にも思わなかった。

何せ、実家の家族のほうがフリオなどよりよっぽどキャラが立っているのだ。あの家族に慣れてしまったアレッタには、フリオ程度の存在感では少々力不足と感じる。もっと色んな意味で濃くならないと、フリオ程度の暗躍系イケメンキャラでは、ベルクハイツの人間にしては薄味ですね、の一言で終わるのだ。いや、比べる相手が悪すぎるか。

そこまで考えたアレッタは、うちの家族が主要キャラになる乙女ゲームの続編とか出てないだろうな、と心配になった。ベルクハイツ家はキャラが立ちすぎている。もし出ていたら、覇王《はおう》系乙女ゲームとかいうパワーワードで語られる問題作になる予感しかしない。是非《ぜひ》とも作られずにいてほしいものである。

一方、窓の向こうの二人の話は進む。

「はあ？　アバズレはそっちじゃない！　自分も相手も婚約者がいるくせに浮気して、結局日陰者になった悪役令嬢のくせに！」

「……っ！　貴女《あなた》にだけは言われる筋合いはないわ」

リゼットの暴言に一瞬言葉を詰《つ》まらせたレーヌだったが、努めて冷静に言葉を返した。

リゼットはそれが面白くなかったのか、顔を歪《ゆが》め、さらに言葉を重ねる。

「大体、アンタのせいでフリオに婚約者ができたのよ！　アンタが手を出した男の婚約者がフリオの婚約者だって話じゃない。ほんと、よくも余計なことをしてくれたわね！」

おかげで予定がくるった、と自分勝手なことを喚《わめ》くリゼットに、レーヌも不快そうに顔を歪《ゆが》めた。

「何よ、それ。あの人の婚約者だったアレッタさんには申し訳ないことをしたけど、貴女《あなた》のソレは私になんの責任もないわ。アレッタさんの新しい婚約者が、偶然フリオ・ブランドンだっただけじゃない。私に文句を言われても困るわね」

彼女はこれ以上の会話は無駄だと踵《きびす》を返し、さっさと歩き去る。対するリゼットは、その背をきつく睨《にら》みつけて、フン、とばかりに勢い良くそれから顔を背け、レーヌとは反対側へ足早に歩いていった。

二人の姿が完全に見えなくなったことを確認したアレッタは、隠れていた木から窓へ飛び移る。

そして、誰もいない廊下で呟《つぶや》く。

「面倒なことになってきたなぁ……」

リゼットはただのお花畑令嬢というわけではなかった。

この世界でゲーム通りに事《こと》が進行すると信じている、かつてのリサのようなゲーム脳患者でもあったのだ。

これまでの彼女の行動からその思い込みを解くのはとても難しいだろうことが分かる。

心底面倒だと肩を落とし、アレッタは大きな溜息《ためいき》をついたのだった。

第六章

　さて。そもそもアレッタが、この世界が乙女ゲームの世界だと気づいたのは、学園に入学して暫《しばら》く経ったパーティーでのことだった。彼女は、まさか自分が乙女ゲームの世界に転生していたとは、と驚く。そして、前世で別の世界の人間だったのが自分だけではなさそうだ、と知ったのは、レーヌの『ざまぁ騒動』を経てだった。

　リサという少女が、明らかに男を侍《はべ》らすことに優越感を抱き、何より特定の人物の情報を知りすぎていたのだ。加えて、リサに王太子を奪われたレーヌが前世のライトノベルによくある婚約破棄を『ざまぁ』で返したのが決定的だった。

　最後のほうは、リサも我に返って己《おのれ》の状態がまずいものだと理解していたようだが、おめでたいゲーム脳状態だっただろうな、とアレッタは察していた。

　そんないつかのリサのような行動を取るリゼットがまた転生者で、続編の乙女ゲームに出てくる悪役令嬢だという。しかも、その続編の隠しキャラがフリオらしいのだから笑えない。

かつてのリサよりも重度のゲーム脳をしたリゼットは、きっと、ゲームの攻略情報を基に、何かを仕掛けてくるに違いない。まあ、上手《うま》くいくとは思えないのだが……最早《もはや》、重度の視野狭窄《きょうさく》に陥《おちい》っているゲーム脳患者は、一体どうすればその病気を完治できるのか、さっぱり分からない。

彼女の思い込みは、敵意を持っている相手からのアドバイスでは解けないだろうし、そもそもアレッタにそこまで親切にしてやる筋合いはなかった。散々迷惑をかけられていることもあるが、フリオがリゼットの過失をもとにフォルジュ家に貸しを作ろうとしている最中でもあるのだ。

酷《ひど》いと思われるかもしれないが、貴族にとって相手の弱みに付け込むのは常道である。フォルジュ家のような力のある家は、リゼットのような馬鹿を曝《さら》さないために子供をがっちり教育して然《しか》るべきなのだ。それができなければ、某悪魔に真綿を首に巻かれる羽目になるのである。

おそらく、フリオからゴーサインを出される頃には、リゼットの強制送還の手筈が整えられているだろう。

現時点において、リゼットは他国に恥を曝《さら》し続けているといって過言ではない。これ以上まずいことが起こらないうちに、手元に戻すのは当たり前。フリオのゴーサインを貰うその時、アレッタはリゼットにお別れの挨拶《あいさつ》を告げることになりそうだ。

できる限り早めにそうしたいものである。

まあ、そんなわけで、アレッタは現在の進捗状況をフリオに聞くことにした。

「ねえ、フリオ。私はいつまでリゼットさんから逃げ回ればいいの？」

「う……ぐぅ……！　もうちょっとかかる……！　アレッタ、ギブ！　ギブ！」

聞いた時間は朝の鍛練中《たんれんちゅう》であり、手合わせの末に逆エビ固めをフリオにかけながらであった。

アレッタはギブアップしたフリオの足を解放し、そのまま流れるように仰向《あおむ》けにひっくり返して腕を取り、腕ひしぎ十字固めをかける。

「いだだだだだだ!?　アレッタ、アレッタさん!?　何を怒ってらっしゃるんですか!?」

「だって〜、もうそれほど話したいとは思ってないけど、逃げ続けるのってストレスが溜まるんだもの〜」

そんなじゃれ合いを続け、周りからはリア充爆発しろ的な視線をいただきつつ、二人は朝の鍛練《たんれん》を終えた。

シャワーで汗を流し、食堂へ行く道すがら、フリオが先程のアレッタの質問に詳しく答えてくれる。

「今は、フォルジュ家がリゼット嬢の仕出かしたことが本当かどうか事実確認しているところだな。本人にも注意がいってるはずだぜ。まあ、オルタンス嬢が苦言を呈《てい》していたらしいから、もうすぐだろう。ただ、どうもリゼット嬢は、親元にいた時は親の言うことをよく聞くイイコだったらしい。もしかすると回収の前に、ある程度の期間、説教やら説得が入るかもしれん。それで態度を改めるとは思えないんだけどな」

どうやら、アレッタの予想は外れたようだ。

フォルジュ家は、リゼットが即刻回収しなくてはならないほど理解不能な行動を取っているとは認識していないようだ。叱《しか》りつけて行動を改めさせれば、学業の続行が可能だと思っているらしい。

まあ、確かに辺境の子爵家の婚約者、伯爵家の三男坊《フリオ》一人に迷惑をかけているだけなら、ギリギリ強制送還をさせるほどではないと思ったのかもしれない。しかし、かつてこの学園で騒動の中心にいたリサを彷彿《ほうふつ》とさせる行動を取っている彼女の印象は、かなり悪い。レーヌに見せたあの姿が素なのだとしたら、いつかとんでもない失態を犯す気がしてならない。

さっさと回収したほうが傷は浅くて済むだろうに、と言うフリオに、アレッタはうんざりと溜息《ためいき》をついた。

＊＊＊

まさかの転生者とフリオの隠しキャラ発覚に、ストレスゲージに大打撃を受けたアレッタ。その彼女をお茶に誘ったのは、マデリーンだった。

彼女は、ストレスを溜め続けているアレッタに、仕方のない子、と言わんばかりに苦笑し、町にある人気のカフェの高位貴族用の個室で、評判のスイーツを振る舞ってくれる。

「今日は、ありがとうございます。マデリーン様」

「良いのよ、未来の義妹ですもの。それに、グレゴリー様からの手紙を持ってきてくれたお礼よ」

そう言って、マデリーンはにっこりと微笑《ほほえ》んだ。

今回のお茶会は、アレッタとマデリーンの二人きりである。どうやらマデリーンは、あのリゼットに関するベルクハイツの今後の動きを聞き出しつつ、アレッタから愚痴を吐き出させたいらしい。

ひとしきりスイーツを堪能《たんのう》した後、紅茶を楽しみながらマデリーンは話を切り出した。

「——それで、ベルクハイツ家では今度、リゼット・フォルジュ子爵令嬢に対して、どういう対応を取っていくのかしら？」

質問の内容は、あくまで確認の色が強い。

リゼットがしていることは淑女としてあるまじきことだとはいえ、婚約者がいる男性に付き纏《まと》っているだけ。迷惑であっても被害は小さい。故《ゆえ》に、表向きベルクハイツ家がしたことは、フォルジュ家に苦情を入れただけだった。

しかし、それで終わらせないのが、ベルクハイツ家の伴侶が悪魔と恐れられる所以《ゆえん》である。

「とりあえず、母から手紙で教えてもらった話では、使者を出してフォルジュ家へ正式に苦情を入れたそうです。そのついでに、フォルジュ家を色々探ってるんだと思います。どうもフォルジュ領で知りたいことがあるらしくて……」

使者一行の中に熟練の探り屋を交ぜ、堂々とフォルジュ領に居座らせて探っているのだ。

「リゼットさんに関しては、国外のお家なので、我が家の力も弱まり、色々時間がかかっているみたいです」

というのは建前で、時間がかかればかかるほど、悪魔の笑顔が輝く可能性が上がる。

「母としては欲しい情報が手に入るまで、グダグダしてくれてて良いと思っているみたいです。それを目くらましにできますから」

「つまり、それが本命なのね」

オリアナが何を知りたがっているのかは聞いていないが、アレッタとしては、さっさとリゼットを薙《な》ぎ払《はら》ってしまいたかった。

しかし、ベルクハイツの伴侶たる母が待てと言うからには、従わなければならない。待てば領地にとって良い何かが手に入るのだ。それが分かっているから、アレッタは我慢するしかない。

「まあ、リゼットさんがフリオに付き纏《まと》う限り、攻撃の理由がありますから、我が家に容赦するつもりはないです」

「売られた喧嘩《けんか》は買って、倍にして勝つのね」

それが貴族ってものよね、と頷《うなず》くマデリーンだが、そこで綺麗に叩きのめせるのは、ベルクハイツの伴侶と、一部の怖い能吏《のうり》だけだろうな、とも思う。

ともかく、ベルクハイツはリゼットを回収させるのに手こずっているのではなく、某悪魔が慰謝料を毟《むし》り取《と》る準備をしている最中なのだと把握し、マデリーンは話題を変えることにした。

「ところで、アレッタ達はいつも朝食前に鍛練《たんれん》をしているわよね？　そこにリゼットさんは来ないの？」

「はい、来たことはありませんね。なんでも、朝が弱いらしいですよ？　いつだったか、フリオに言っていたのを聞きました」

「あら、そうなの……」

彼女は小さく溜息《ためいき》をつく。

「貴女《あなた》の訓練風景を見れば、あの方もちょっとは自重すると思ったんだけど、残念ね……」

普通の令嬢にしか見えないアレッタが軽々と大剣を振り回し、他を圧倒している姿を見たことがあるなら、とてもではないが馬鹿なことは考えられない。何をしても無駄であると、その考えを捨てるだろうとマデリーンは思ったのだ。

「あの方を見ていると、リサ・ルジアさんを思い出すのよね。なんだかこう、事前情報が絶対だと信じ込んで、客観性を失っているような感じが」

彼女のこの言葉は、婚約者持ちの男に付《つ》き纏《まと》うリゼットが、フリオに対して好物の一つであるフィナンシェを、馬鹿の一つ覚えみたいにプレゼントすることからきていた。これがゲームなら好感度が上がるだろうが、ここは現実。厄介《やっかい》な人間だと警戒している人物から飲食物を差し入れされても普通は受け取らないし、無理やり渡されようものなら捨てるしかない。

「でも、リサさんは途中で正気に戻りました」

「そうね。まあ、平民上がりの子が、王子様や顔の良い高位貴族の子弟にチヤホヤされれば、舞い上がってしまってもおかしくないわ」

リサへの評価は、周りの男達があまりにもお粗末だったことと、彼女自身が親ごと爵位返還をして平民に戻ったことで、最終的には同情票が多くなっている。

「それにしても、元々貴族社会で生きてきたリゼットさんは、どうして今まで問題なく過ごせていたのかしら？　信じられないけど、オルタンス様に聞いた話では、お国にいた頃はごく普通の令嬢だったそうなのよ。この国に来て、態度が急変したらしいわ」

おかしな人よね、と小首を傾《かし》げるマデリーンに、アレッタは遠い目をした。

きっと、『攻略対象のフリオ』以外に興味がないため、周りに逆らわず、適当に過ごしてたんだろうな、と察する。

「何にせよ、フォルジュ家は早くリゼットさんをどうにかしてほしいです」

そう言って盛大な溜息《ためいき》をついたアレッタのために、マデリーンはスイーツの追加を頼んだ。

＊＊＊

アレッタがマデリーンとの女子会で愚痴を零し始めた頃、そのアレッタの婚約者であるフリオは王宮に来ていた。

何故《なぜ》かと言うと、王太子となった王弟レオンと、その婚約者候補であるオルタンスから内々にお茶に誘われたためである。

もちろん、これは単純なお誘いではない。リゼットにより迷惑をかけられているフリオに対してのお伺いだ。アレッタに声がかからなかったのは、先に直接的な被害者の声を聞きたかったためだろう。

リゼットは他国の令嬢なので、本来ならば王家は関係ないのだが、次期王妃に望んだオルタンスと生国《しょうごく》を同じくし、共に留学生としてウィンウッド王国へ来たというのが悪かった。暗黙の了解として、オルタンスにリゼットの監督責任があるものとされるからだ。

アレッタの婚約破棄騒動でベルクハイツ家と気まずい関係になった中枢貴族は、これ以上の関係悪化を望んでいない。それ故《ゆえ》にフリオに粉をかけ、アレッタを――ひいては、ベルクハイツを不用意に刺激するリゼットを監督しきれていないオルタンスと王弟レオンとの婚約は考え直したほうが良いのではないか、という声が上がっているのだ。

しかし、それで困るのは王家である。

当然、王家もベルクハイツ家との関係悪化は望んでいないが、レオンは未婚だ。実のところ、国内はもとより、近隣諸国にもオルタンスより良い条件の令嬢がいないのだ。

彼女はレオンと多少年齢が離れているものの、既《すで》に子が望める年齢であり、他国のものであれど王妃教育が施《ほどこ》されている。これ以上ない優良物件だった。

何より、レオンはオルタンスを気に入っている。

彼女は己《おのれ》に課せられた責任をよくよく理解しており、レオンと話が合った。ある意味同病相憐《あいあわ》れむというか、過去に似たような苦い経験をしているため、お互いの心情をよく理解し合えるのだ。

つまり、男を引っかけるのが上手な女のせいで、オルタンスは元婚約者とのコミュニケーションに失敗し、レオンはレオンで甥《おい》が婚約者に冤罪《えんざい》を吹っ掛けて返り討ちにされた。

二人は、それらのことでコミュニケーションの大切さを身に染みて理解している。二度と同じ失敗はできないと、お互いを知る努力をした。そのおかげで二人の関係は上手《うま》く噛み合い、婚約の内定が目の前に見えていたのだ。

そこをリゼットの理解不能な行動で邪魔される。

腹を立てるな、と言うほうが無理だ。

レオンは痛む頭を抱えながら、一つずつ丁寧に問題を片付けるべく、行動を開始した。

その一環としてフリオを呼び出したのだ。

——と、いうのがフリオの知る王家の動きであった。

これを知らせてきた未来の義母の手腕に寒気《さむけ》を感じつつ、フリオは表面上穏やかに二人に挨拶《あいさつ》し、軽い雑談をしてから本題に入る。

「なるほど、そのフォルジュ子爵令嬢がブランドンに付き纏《まと》っていると……」

「ええ。最初は遠回しに、最近ではあからさまに避けているのですが、理解されずに困っております」

「申し訳ありません、ブランドン様。おやめなさい、と何度も言っているのですが、話が通じなくて……。分かっていて聞かないのか、本気で理解できないのかすら分からず……」

心底困った様子のオルタンスに、フリオはそうだろうなぁ、と頷《うなず》く。

「何故《なぜ》かリゼット嬢は私がアレッタと無理やり婚約させられたと思い込んでいるようで、

何度否定しても信じてもらえないのです」

その言葉に、オルタンスはそうなのよね、と言いたげに首を縦に振った。

「私にはお二人は仲睦《なかむつ》まじく見えますのに、あの子の目はどうもおかしなことになっているようですわ」

最早《もはや》何を言っても無駄、と言わんばかりの彼女の態度に、フリオはこの人も苦労してるな、と感じた。

「リゼット嬢を帰国させることはできないのでしょうか？」

言外に、このままウィンウッド王国にいさせるとカルメ公国の恥を曝《さら》すだけだと言えば、オルタンスが困ったように答える。

「それなのですが、私もフォルジュ家に連絡を入れ、リゼットを帰国させるよう促《うなが》したのです。ですが、どうにも上手《うま》くいかなくて……」

ここで足を引っ張ったのが、オルタンスのルモワール公爵家とリゼットのフォルジュ子爵家が所属している派閥が違うということである。

それぞれが所属する派閥は敵対こそしていないものの、相手の持つ力を削《そ》げるチャンスがあるなら活《い》かしたいというのが本音だ。

加えて、リゼットが国元では常識外れの行動を取ったことがなく、大人しい娘という印象が強くて、フォルジュ家は半信半疑で娘の素行を調査しつつ、一応手紙で注意する程度しかしていない。

その対応はあまりにも暢気《のんき》で、油断がすぎるものだ。

オルタンスは実家からも注意してもらったが、それがどうにもおかしなほうへ受け取られている。

ルモワール家としては、こんなことで娘の縁談が潰れては困るので、裏に何かを含むことのない純粋な注意と苦情だったのだけれど、フォルジュ家は何かしらの陰謀だと誤解しているらしい。

「国元でのリゼットは、本当に大人しい令嬢だったのです。今の常識外れの行動が本当に信じられないくらいに」

「国元から離れ、開放的な気分にでもなって弾けたんでしょうか？」

「普通は他国に行けば、弱みを見せるわけにはいかないと気を引き締めるものだがな」

心底分からない、と男達は首を横に振る。

まさか、国元ではやることがないので、ただ言われた通りに模範的な令嬢をしていただけなどとは思いもしない。

「それで……申し訳ないのですがリゼットの帰国には時間がかかりそうなのです」

どうやら、帰国は決定事項のようだ。

フリオとしては、オルタンスに対して思うところはない。最初こそリゼットの『初恋の人』の話を広めたことで、面倒な女を連れてきたと恨みそうになったが、彼女のその後の対応は迅速だった。内々に謝罪の手紙を貰っているし、彼女は積極的にリゼットを止めようと動いている。それでも止まらないリゼットには愕然《がくぜん》としているが……

そんなオルタンスの評判は、学園内でも悪くない。むしろ、同情的な目を向けられている。

オルタンスがリゼットに注意している姿が度々見られているのだ。それでも止まらないリゼットを、生徒達は異世界の生物を見るような目で見ている。

ここでオルタンスがリゼットになんらかの力を行使しても、仕方ない、もしくは、良くやったで済まされそうなほどだ。そこまで評判を落としているリゼットが、ある意味恐ろしい。

「正直、王家からも苦情を入れられるものなら入れたいんだが、それをすると国際問題になるからな」

「それはやめておいたほうが良いでしょう」

レオンの言葉にフリオが首を横に振ると、彼は安堵《あんど》したように小さく息を吐いた。

「私としては、事《こと》が穏便に済むことを願っています。ブランドン家はもちろん、ベルクハイツ家からもフォルジュ家には苦情を入れていますので、そう長引くこともないでしょう。ベルクハイツ夫人は、最長でもこの学期内に片が付くだろうと言っていました」

自分としてはもう少し早く収束してほしいが、と苦笑しながらフリオが肩を竦《すく》めたところで、レオンが少し身を乗り出す。

「ベルクハイツ家のほうは、今回の件をどう捉えているんだ？」

これが、今回一番聞きたかったことなのだろう。

「まあ、迷惑だな、と、それくらいですね。オルタンス様に何か思うようなこともないですし、アレッタはリゼット嬢に何度も注意している姿を見ていますので。……こう言うと失礼かもしれませんが、同情的です」

出身国が一緒だというだけで、あんな問題児の面倒を見ないといけないなんて大変だよね、というのがアレッタの感想だ。良くも悪くも興味が薄いのである。しかし、そういった印象が悪くないという言葉が欲しかったレオンとオルタンスは、少しホッとした様子で肩から力を抜く。

「リゼットに関して何かありましたら……いえ、何もなくてもどうぞ頼ってくださいませ。心底嫌だと思われましたら、どうにかいたしますわ」

穏便に済ませたいなどと言っていられないようであれば、実家の権力をフル活用して強制送還させるとオルタンスは宣言する。

「それは頼もしいですね」

それを受け、フリオはにっこりと笑みを浮かべたのだった。

第七章

フリオとアレッタがそれぞれのお茶会を終わらせた翌日から、雨が続いていた。

なかなかやまないね、とアレッタは友人のマーガレットと窓から空を見上げる。

そんな、しとしとと雨が降る、ある日のこと。

アレッタはとうとうリゼットに接触を許してしまった。

時刻は放課後。授業があるからという言い訳は使えず、人はまばらで助けてくれる知り合いも見当たらない。一応用事があるから、とは言ってみたものの、少しで良いから、と言われ断れなかった。最近地雷女として有名になりつつあるとはいえ、リゼットは一応他国の留学生である。少なからず気を使わなければ、何かの折に国際問題になりかねないのだ。

まあ、わざわざ学生同士のいざこざでベルクハイツを攻撃するような、奇特な人間がいるとは思えないが……

どちらにせよ、相手をしなくてはならなくなり、これは詰《つ》んだなとアレッタは遠い目になる。一方、リゼットは見た目はおずおずと、けれどその目だけは爛々《らんらん》と光らせて話しかけてきた。

「アレッタさん、私、貴女《あなた》とずっとお話がしたかったの」

「はあ……、そうですか」

まばらにいた生徒達が、やっべ、地雷女と最終兵器《がいけんさぎ》だ、とさらに散っていき、遠くからこちらをうかがう気配を感じる。

帰りたいなー、関わりたくないなー、という内心を隠しもせず、堂々と表情に出しているアレッタを気にもせず、用件を切り出したリゼットのメンタルは鋼《はがね》――否、きっと神経が通ってない。これが本当の無神経だ。

「あのね、フリオ様のことなんだけど、やっぱり権力を使っての婚約は良くないと思うの」

「はあ……」

彼女の中で何が起きてベルクハイツ家が権力に物を言わせてフリオと婚約したということになったのか、本当に謎である。

「だから、フリオ様を解放してあげてほしいの！」

「はあ……。あの、解放とおっしゃいますけど、フリオは元々私と婚約する予定だったんです。けれど、とある方々から私に別の婚約の話がきて、私達の仲は引き裂かれたんです」

気のない返事をしつつも、せっかくなので、アレッタはほぼ事実な話をしてみることにした。リゼットがどういう反応をするのか気になったのだ。

果たして、嘘だと決めつけるのか、ちゃんと裏取りをするのか……

平和ボケした前世を引きずるゲーム脳患者が、この魑魅魍魎《ちみもうりょう》が跋扈《ばっこ》する貴族社会にきちんと順応できているかどうかで、彼女への対処の難易度が変わる。

「だから、私達の今の状態は、元の鞘《さや》に収まっただけなんですよ」

そう言うと、リゼットはポカン、とした表情になる。どうやら、アレッタの言葉は彼女の脳に届いたようだ。

「……え？　けど……、そう、だけど、彼には他に好きな人がいるのよ。彼を縛るのは良くないわ」

少し混乱したふうに、それでも都合の良い事実が欲しいのか、リゼットはおそらくゲーム上の情報を引っ張り出し、反論してきた。

「その好きな人って誰のことですか？　名前は？　どこの家の方ですか？　少なくとも今、私と彼は愛し合っています」

正直、愛云々《うんぬん》と言うのは恥ずかしかったが、事実である。アレッタはフリオに愛されている自覚があった。

しかし、彼女のその言葉に、リゼットは何故《なぜ》か調子を取り戻す。か弱い令嬢のように目を潤《うる》ませた。

「可哀想に……。アレッタさん、貴女《あなた》は知らないのね。フリオ様はずっと昔から好きな方がいらっしゃるのよ」

それを聞き、アレッタは、それは自分のことだな、と気づく。

フリオはアレッタにその想いを告白した時、ずっと昔からアレッタのことが好きだったのだ、と並々ならぬ執着を湛えた目をしていたのである。

故《ゆえ》に、アレッタは動揺を見せなかったのだが、リゼットはそれを悪いほうに受け取ったらしい。

「どうしてそんな顔をしていられるの？　彼には他に愛する人がいるのよ？　……やっぱり、貴女《あなた》にはフリオ様の意思などどうでも良いのね……」

その余裕を、フリオの意思は関係ないという、実に『悪役』らしい思考によるものだと勘違いし、アレッタを責めた。

「やっぱり、そんなの間違っているわ！　フリオ様の意思を無視して無理やり婚約するなんて！」

「いや、してませんけど」

アレッタは真顔で否定するが、リゼットの言葉は止まらない。

「アレッタさん、フリオ様を解放してあげて！」

舞台映えしそうな大きな身振り手振りで叫ぶ姿は、最早《もはや》一人芝居である。傍《はた》から見ていて、とても痛い。

結局何を言っても同じところに戻ってくる話に、こちらが何を言おうと彼女の作った筋書きから外れるつもりが欠片《かけら》もないのだと、アレッタは察した。

あの日――レーヌとリゼットが言い争った日に、この地が乙女ゲームの続編の舞台ではなく、『原作』のストーリーが既《すで》に崩壊し、『ヒロイン』も『攻略対象』も、それらを退《しりぞ》けた『悪役令嬢』ですら痛い目に遭《あ》っていると知らされたはずなのに、何故《なぜ》リゼットは己《おのれ》の筋書き通りに事《こと》が運ぶと信じ切れるのか。本当に理解できない。

アレッタはまじまじとリゼットを見て、言う。

「あの、頭は大丈夫ですか？」

「は？」

アレッタの言葉にリゼットは一瞬不愉快そうな顔をしたが、すぐにウルウルと目を潤《うる》ませ、「酷《ひど》い……」と言って駆け去る。

酷《ひど》いのはお前の頭だ、と思わず呟《つぶや》いたアレッタに、こっそり二人の様子をうかがっていた野次馬達は、ソウダネ、と頷《うなず》いた。

＊＊＊

アレッタはリゼットと接触したその日のうちに、それをフリオに伝えた。

「あー……。そうか、分かっちゃいたが、本当に思考回路がオメデタイお嬢様みたいだな。俺の情報も持ってるくせに、どうも中途半端というか、一番大事な部分を知らないというか……」

「うん。それに私は知らなかったけど、フリオが私の最有力婚約者候補だったことは調べれば分かることでしょう？　一応、リゼットさんにその情報を落としておいたから、裏取りをするか見ておこうと思って」

アレッタのその言葉に、彼は遠い目をする。

将来ベルクハイツの伴侶として内政を担当する予定のフリオとしては、情報の裏取りをするのは当たり前だ。それをしないであろうリゼットに、嘘だろ、と愕然《がくぜん》とする。

彼女はフリオの『愛する人』についてあちこちで言いふらしているくせに、その『愛する人』が誰なのかということを調べた形跡がない。少し調べればアレッタに行きつくというのに、それをせず、フリオの愛するアレッタに、彼には他に『愛する人』がいるなどと頓珍漢《とんちんかん》なことを言うのだ。

「だが、裏取りしないような気がするんだよな〜」

「私もそんな気がする」

二人揃って溜息《ためいき》をつき、今後のことを相談する。

「正直、ベルクハイツ的にはフォルジュ家って面倒なのよね」

被害を受けたのが子爵家のベルクハイツではなく王族や高位貴族なら、色々と面倒なことになっても最終的に国単位で美味《おい》しい条件をもぎ取れるだろう。しかし、ベルクハイツはウィンウッド王国で重要な地位に就いているとはいえ、結局は子爵家なのだ。国内ならまだしも、国外では、その影響力が落ちてしまう。

国に訴えれば力を貸してくれるだろうが、婚約者が令嬢に付《つ》き纏《まと》われているだけという現状で、それをするのは、いささか大袈裟《おおげさ》だ。

そこでベルクハイツは、独自に慰謝料を毟《むし》り取《と》りに行っているのである。

そもそも気質的に、ぐだぐだ争い続けるのは苦手な一族なのだ。

ごめんなさい、どうぞ原因をお殴りくださいさい、と差し出されたら、よっしゃ一発で許してやろう、と一発かましてスッキリ終わる人間しかいない。まあ、裏で伴侶が何かしら毟《むし》ってはいくが。

「他国が関わるし、ベルクハイツは基本、領地に籠るからな……」

「私、考え直したんだけど、これ、まともに相手しなくても良いよね？　学園の生徒はリゼットさんを地雷女だと知ってるし、彼女が何か仕掛けても、腕力的なことなら私は負けない」

「そうだな。何か良くない噂を撒《ま》かれても、情報源がリゼット嬢だと誰も信じないだろうしな。むしろ、広まるのはリゼット嬢の悪い評判になりそうだ」

　フリオが疲れたような顔で言う。

「気になるのは、どうして俺のことを知っていて、プライベートな情報まで掴んでいるかなんだよな」

「あ～……、フィナンシェが好物なところとか？」

「そうなんだよ。俺、甘いものが好物なのは一応、隠してたんだぜ？　知ってるのは実家の一部の人間か、ベルクハイツ家の人達だけだったんだ。しかも、調べてみたらリゼット嬢は今まで国外に出たことはないし、俺は国外に出ても、リゼット嬢が行きそうなところに行ったことはない。大体、他国まで届く実績だって一つもないのに、一体、どこで俺のことを知ったんだか……」

まさか、前世の乙女ゲームからですなどとは言えず、アレッタは微妙な気持ちで彼の言葉を聞いていた。

「まあ、リゼット嬢はろくな情報を持っていないようだったし、それも中途半端なものばかりだ。放っといて良い。ただ、疑問なんだよな」

「ああ、そういう……」

もしかすると、フリオがアレッタにリゼットと接触するなと言っていたのは、それも原因の一つだったのかもしれない。

確かに、伝手《つて》などなく、それを作る能力すらなさそうな見ず知らずの人間が、己《おのれ》のことを知っているのは不気味だろう。この世界は情報が溢れる前世の世界とは違うのだ。

「どうも、得体が知れないんだよな……」

「でも、脅威ではないと思うの。なんというか、真面目に相手をするに値しない感じかな。まあ、面倒そうな人だから引き続き接触は避けるけど、今までみたいに全力で逃げ回るのはやめても良い？　適当にあしらっておけば良いような気がするのよね」

「あ～……」

フリオは、アレッタのやる気が削《そ》がれているのに気づき、暫《しば》し悩んだ後、頷《うなず》く。この分ならリゼットの顔の形が変わることはないだろうと判断したらしい。

顔の形が変わるようなことはしないと言っているのに、それについてだけは信用されていないとは知らぬアレッタである。

傾国を娶《めと》った当主《ちち》の残した実績が、インパクトがありすぎるのだ。

「まあ、そうだな。リゼット嬢の回収には時間がかかりそうだし、適当にあしらっとけ。相手にしなければ、あっちもそのうち飽きるかもしれない。絡まれ続ければフォルジュ家にクレームを入れる頻度を上げられるし、そのぶんリゼット嬢を回収してもらえる期間が短くなるからな」

いざとなればオルタンスに頼もう、と回収してもらう気満々でフリオがそう結論付け、アレッタもその言葉に頷《うなず》いた。

＊＊＊

そうしてリゼットへの対応を決めた二人だったが、その後、アレッタに彼女が接触してくることはなかった。何故《なぜ》なら、その翌日から、一か月後に行われる文化祭の準備に追われることになったからだ。

ウィンウッド王国の国立学園の文化祭は、二日間の開催となる。一日目は生徒だけで行い、二日目に招待状を送られた来賓が迎えられる。

この招待状は生徒の家族のみに渡すことが許されるもので、つまるところ、ちょっとした授業参観じみた意味合いを持っていた。

しかしながら、この来賓に関しては侮《あなど》れない。有力貴族の家族が来る可能性があるのだ。生徒たる我が子をだしに、ちょっと顔を繋いでおきたい、と考える親もいる。

文化祭の警備は王城の舞踏会レベルの鉄壁さを誇り、教師や役員達は神経を尖《とが》らせてもいた。

そんな文化祭の内容は工夫を凝《こ》らしたものとなる。

まず、三年生は個人とクラス単位の研究発表をする。クラスの発表は毎年同程度のクオリティとなるのだが、個人のものにはバラつきが見られた。それは、将来就く職への違いがあるためだ。

研究職へ進む者は、この文化祭の発表が内定を決める基準の一つとなり、場合によっては、パトロン候補の大貴族へのアピールにもなるのだ。いつの時代も、己《おのれ》の領を富ませる者を領主は欲しがっている。

一方、こうした研究発表にあまり力を入れていないのが、そうした分野に進まない者達である。彼らはサポートに回ることが多い。

そして二年生は、クラスごとに物品を販売する。それは食べ物だったり、領地でできた新しい何かしらだったりするが、これがまた物珍しく、目新しいものが多いので人気があった。

一年生はくじ引きで出し物が決まる。この出し物は比較的簡単で、一年生はとりあえず初めてのお祭りを楽しんでおけ、といった具合なのだ。

つまり、一年生のアレッタには余裕があるが、二年生のリゼットにはわざわざアレッタに解放攻撃をしに来る余裕がなかった。

さしものリゼットも、自領の特産品や商品の宣伝になる文化祭へやる気を燃やしている面々の目を掻《か》い潜《くぐ》り、割り振られた役割をサボることはできなかったのである。

そんなわけで、アレッタは文化祭の準備期間中、平和に過ごした。もっともフリオは、時間の合間を縫って突撃されていたらしいが……

「最早《もはや》、執念よね」

「とっとと諦めてくれねーかなー……」

文化祭の準備期間は、本当に忙しい。比較的余裕がある一年生は、先輩方の忙しさに「あれが来年の自分達の姿……」とゴクリと息を呑んでいる。

その忙しさで、アレッタとフリオが顔を合わせる機会も、朝の鍛練《たんれん》と朝食時だけになってしまっていた。

フリオ達騎士科の三年生は、王城から派遣される騎士や兵に交じって警備に回されるため、打ち合わせや正騎士による訓練を行っているらしい。ある意味、職場体験だ。

そんな貴重な時間を大事に、アレッタとフリオは今、共に朝食をとっていた。

「警備ってどんなことをしてるの？」

「それは言えないな。守秘義務、ってやつだ」

なるほど、そりゃそうだ、とアレッタは頷《うなず》く。

「まあ、アレッタは分かってると思うが、この警備の巡回ルートや警備の詰《つ》め所《しょ》、来賓の人数、来賓名は絶対漏らしちゃならないことだ。けど、学生ってことで気が緩んで、警備のアレコレを外に漏らす奴がいるらしいんだよな。今回、それを厳しく詰《つ》め込《こ》まれたぜ」

過去、不用意なことを仕出かした生徒のせいで、来賓の上位貴族の命が狙われたことがある。そうした事例を持ち出し、厳重注意を受けたのだという。

「そういや、アレッタのところは確か、二日目にグレゴリーさんが来るんだろ？」

「うん。マデリーン様に会いに来るんだって」

アレッタの発言で、周囲の時が止まった。

来賓の情報を漏らすのはよろしくないことだが、相手はベルクハイツの四男坊である。

これを狙う馬鹿はいない。

「そうか。そうなると、今年の二日目はベルクハイツ在学期間中扱いになるな」

「何それ？」

首を傾《かし》げるアレッタに、フリオが説明する。

「ベルクハイツ家の人間が学園に在学中は、裏社会の人間が挙《こぞ》って学園を避けるらしいぜ。代々ベルクハイツ家の人間に痛い目を見てきたからな」

「ふーん、そうなの？　……ん？　二日目は、って、もしかして私は除外されてる？」

「まあな」

アレッタの場合、見た目が本当に普通の令嬢にしか見えないので、ベルクハイツのあの強烈な力と結びつかないのだ。

「一族始まって以来、初の娘可愛さで当主に据《す》えたと勘違いしている馬鹿が多いんだよ」

「えー……」

ナニソレ、と顔を歪《ゆが》めるアレッタに、フリオが肩を竦《すく》めた。

「多分、近日中に裏では、グレゴリーさんが学園に来ると広まるだろうな。これで面倒な奴の侵入が減ってくれれば俺達警備は嬉しいぜ」

「うわぁ……」

まんまと未来の義兄を利用した彼に、アレッタは微妙な顔になる。

「この学園の警備って、そんなに大変なの？」

フリオはそれには答えなかったが、スッ、と目から生気が失せたことで、相当面倒なのだと察した。

「生徒の中に正騎士の本家筋の奴がいて、融通を利かせろとか、ちょっと訳の分からんことを言って計画が組めなかったり、対立する家同士のいざこざがあったりな……」

問題が爆発している。

「うわぁ……」

「これ、毎年のことらしいぜ。だから、侵入者が少しでも減ってくれるのは、本当に有り難いんだとさ」

ベルクハイツ在学中で、それが騎士科の人間だったら、さらに楽になるそうだ。そりゃあ、ベルクハイツの人間が睨《にら》みを利かせていれば、面倒なことを言い出す人間は格段に減る。

しかし、アレッタもベルクハイツの人間だというのに、父や兄達と違って侮《あなど》られている現状には少々不満がある。

「私も裏の人間を少しは狩るべき？」

「絶対にやめろ！」

ぎょっとしたフリオに強い口調で止められて、彼女は不満そうに口を尖《とが》らせた。

第八章

裏の人間を狩るのをフリオに止められた――それがフラグだったんだなと、後にアレッタは思った。

文化祭に向けて慌ただしいある日のことである。

彼女の目に留まったのは、文化祭の準備のためにやってきた業者の一人だ。

見た目は中肉中背で、特に目立つところのない、普通の男。

しかし、その気配は一般人にしては静かすぎた。そんな気配を持つのがどういう職種の人間か、アレッタは実家で叩き込まれている。

故《ゆえ》に、アレッタはその男に近づいた。

「あの～」

男は、ごく普通の令嬢にしか見えないアレッタの接近に気づき、「はい、なんでしょうか?」とにこやかに返す。そこに警戒心はなく、油断が生じていた。そのせいでアレッタが起こした行動に、男は己《おのれ》の本性を出してしまう。

にこにこと笑みを浮かべるアレッタは、突然、極大の殺気と共に拳《こぶし》を繰り出した。

「っ!?」

彼はそれをギリギリで避け、バックステップをしてアレッタとの距離を取ったのだ。

その体捌《たいさば》きは、明らかにただの業者の動きではない。

「うん、やっぱり一般の方ではありませんね。どこのどなたですか？」

にこにこと微笑《ほほえ》むアレッタに、業者を装《よそお》った裏社会の男は表情を消した。彼の頭に浮かぶのは、反撃か、それとも逃走か。

いずれにせよ、ここにフリオやローレンスがいれば、揃って首を横に振っていただろう。もう手遅れです、と。

「答えてくれませんか……。じゃあ、仕方ないですよね！」

何故《なぜ》か楽しげなアレッタの声が、男の耳に届いた瞬間——彼の頬に激痛が走った。

体が宙に浮き、壁に叩きつけられる。

あまりにも一瞬すぎたせいで、男は我が身を襲った出来事が理解できず、混乱した。

そんな男の頭の中に、アレッタの声が響く。

「なるほど、これが例の外部からの侵入者……。文化祭の準備期間にも入ってくるのか……。まあ、下見、ってところなのかな？」

彼女は男に近づくが、その呟《つぶや》きはだんだんと遠くなっていく。何故《なぜ》なら男の意識が遠くへ飛んでいったからだった。

＊＊＊

それは、フリオとローレンスが文化祭の警備計画について確認している時のことだった。

今は一教師ではあるが、元は騎士科の生徒であったローレンスは警備へ回され、毎年騎士科の生徒達と共に頭を悩ませている。

「——一日目は単純に見回れば良いが、二日目は外部の人間がお供付きでやってくるから面倒でなぁ……」

「そうなんですよね。なんというか、主人とはぐれて一人でいるお付きとかより、貴族とそのお付き、みたいに何人かで組んで、何食わぬ顔でいられると見逃しやすいようですね」

手を替え品を替え、毎年裏社会の人間が学園に潜り込むのだが、これまで大事になったことはない。

「いつも小さい失態が何かしら出るし……」

「ああ……、空き教室での浮気だの、不倫だのの発覚ですか……」

一体何がどうしてそうなったのか、人気《ひとけ》のない教室で盛り上がる男女が発見されることがあるのだ。それが一度や二度ではないのだから救えない。

来賓同士だったり、来賓と生徒だったりするのだが、不思議なことに婚約者同士や恋人同士ではなく、人目に触れるのは必ず不実な関係を結ぶ者だった。

「あれ、明らかに罠にかかってますよね」

「そうだな。まあ、自業自得だし、人命に関わらなきゃ些事《さじ》だ」

呆れて溜息《ためいき》をつくフリオに、学《まな》び舎《や》で何をしてやがるとばかりに嫌そうな顔をした教師ローレンスは吐き捨てる。

「俺の在学期間中にもあってな……。バーナードがうっかり大騒ぎして……」

「えっ」

遠い目をする彼に、フリオがぎょっと目を見開く。

「純粋に女生徒が襲われていると勘違いしたらしく、合意の上と知って物凄《ものすご》く驚いていたよ。それなりに仲の良い婚約者がいるはずの女生徒と、家庭持ちの責任ある立場の紳士が学園で不埒《ふらち》な行為に及んでいたのだと分かると、凄《すご》く不思議そうな顔をしていてな……。奴は二人に軽蔑の目は向けなかったが、ただただ純粋に不思議そうな様子で、二人は随分《ずいぶん》いたたまれなそうだったな」

「うわぁ……」

きっと子供みたいな純粋な目で、なんでそんなことをしたの？　と言わんばかりの表情をしていたのだろう。ベルクハイツ家の無邪気な脳筋を知るフリオには、その光景が目に浮かぶようだ。

「人によっては軽蔑されるよりキツイ……」

「実際、打ちのめされていたぞ」

結局、評判を著《いちじる》しく落としたその女生徒は修道院行きとなり、紳士は息子に当主の座を追われたそうだ。

「乗り込んでくる裏社会の人間は、物騒なのから、そうした地味な罠を仕掛ける奴まで様々だからな。ただ、気をつけなければならないのは、貴族間の小競《こぜ》り合《あ》いだ。裏社会の人間だと思ったら、貴族のお供でした、というオチがついたこともある」

そうなるとさらに面倒なんだと、ローレンスは疲れたように溜息《ためいき》をついた。

「みみっちい嫌がらせ目的だったとしても、中途半端に権力がある奴だと難癖付けてくるしな。話術で上手《うま》く切り抜けて、早々にお帰りいただかなきゃならん」

物凄《ものすご》く大変なんだよ、と遠い目をするローレンスに、フリオはうわぁ、と呻《うめ》く。

「騎士科の生徒は二年の時も警備に配置されるだろう。噂とか聞かなかったか？」

「去年は特に聞きませんでしたね。そりゃ、多少のトラブルは耳に入ってきましたが、派手な大捕り物や裏の人間のことばかりで、そういう貴族間の面倒なやり取りはほとんど出ませんでしたよ」

そうか、とローレンスは頷《うなず》いた。

とりあえず時間帯によって人気《ひとけ》が少なくなる場所をピックアップしていく作業を進めよう、と二人が話し合っていた時である。

「フリオ～」

何やら、遠くからアレッタの声が聞こえた。

フリオはその声がしたほうへ視線を移し、ぎょっ、と目を見開く。

「あ、アレッタ、それはなんだ⁉」

「え～？　えっと、不審者を見つけたから、捕まえてきたの！」

にこにこと微笑《ほほえ》む彼女の手には、気を失った男が三人ぶら下がっていた。

襟首《えりくび》を掴まれ白目を剥《む》いて気絶している男達は、皆一様に頬を腫《は》れ上《あ》がらせ、中には泡を噴いている者までいた。それらを引きずってきたアレッタは、褒めて褒めてと言わんばかりの子犬のような笑みを浮かべている。

「最初は一人だったんだけど、ここに来るまでに増えちゃった」

「増えたって、お前……」

唖然《あぜん》とするフリオの横では、ローレンスが嘆《なげ》くかのように両手で顔を覆《おお》い、絞り出すように呻《うめ》いた。

「バーナードの妹ぉ……」

かつての友の所業を彷彿《ほうふつ》とさせるその光景は、確かな血の繋がりを感じさせたのである。

＊＊＊

そんなふうに文化祭準備は様々な問題を乗り越え、どうにか無事に終わった。

様々な問題の中で、燦然《さんぜん》と輝き目立っていたのは、アレッタによる裏社会の人間狩りだろう。

それは、別に彼女が狙ったのではない。どういうわけか、彼らはアレッタの前にうっかり現れてしまうのだ。そして、放っておくことができない彼女に、サクッと狩られていくのである。

実のところ、裏社会でもちゃんとアレッタに関する外見詐欺の注意喚起の情報が流れていた。しかし、結局アレッタのベルクハイツらしからぬ、普通の令嬢にしか見えない外見のせいで気づけず、次々に狩られていく。

おかげ様でアレッタは、ベルクハイツの中で最も裏の人間と相性の悪い人物として扱われるようになった。

「なんというか、危険物の如《ごと》き扱いだな」

「ははは……」

ローレンスの言葉に、フリオは遠い目で空笑《そらわら》いを返す。

見事なフラグの回収に、最早《もはや》笑うしかない。

やはりベルクハイツはベルクハイツでしかなかった。そんな言葉がその筋の人間の間に流れていると聞いた時、婚約者として複雑な心境になったものである。

それはともかく、波乱の準備期間を終え、ついに文化祭の開催が明日に迫っていた。

現在、フリオはローレンスと共に最終確認のために現場巡りをしている。

「——それで、そんな目立つ行動をしていたベルクハイツの人間の婚約者であるお前に、フォルジュはまだ付《つ》き纏《まと》っているのか？」

「付《つ》き纏《まと》ってきますね。最近では、まさか手柄を捏造《ねつぞう》するなんて、とか言ってましたよ。どうして、そんな発想に至るのか……。生存本能までおかしくなってますよ、あの令嬢は」

心底理解できないとでも言いたげな顔をするフリオに、ローレンスは苦笑する。

「フォルジュは本当によく分からんな。お前にベルクハイツ以外の『愛する人』がいるとか言っているらしいが、その誤解は解けないのか？」

「一応、説明したんですが、無理でした。最初から最後まで俺の惚《ほ》れている女はアレッタだって言ったんですよ。ですが、リゼット嬢の脳内では良いように改竄《かいざん》されるみたいで、その『愛する人』とアレッタが繋がらないんですよ」

一体何をどう曲解したのか、リゼットにとってアレッタは、フリオを無理やり婚約者の立場に縛り付ける悪女なのだ。どう説明しても、彼女の思い込みは解けなかった。

「ブランドンは実に面倒な相手に目を付けられたな」

「本当に厄介《やっかい》ですよ。すみません、今回の警備にも気を使っていただいて……」

フリオの言葉に、ローレンスは気にするな、と首を横に振った。

今回、リゼットが所構わずあまりにも絡んでくるため、警備中に付《つ》き纏《まと》われたら危ないと、フリオは裏方の仕事に回されたのだ。

「実際、正騎士になった後、こうした厄介《やっかい》な女性に絡まれるという事態もなくはないんだ。そんなことがあると、パーティーの警備などではその人物が入り込めない場所に配置されるようになる」

同じ措置を取っただけだ、とローレンスは当たり前のように答える。

あの無邪気な脳筋《バーナード》が絶対の信頼を置くわけだよなぁ、とフリオはローレンスの胃にダメージを与えそうなことを考えた。

「まあ、今年は余程の馬鹿以外は裏の人間が来ないだろうことが救いだな」

「あー、そうですね……」

最早《もはや》、アレッタは裏社会において『会ってはいけないあの人』という怪談の如《ごと》き扱いをされている。

「明日は生徒だけですし、明後日《あさって》の来賓にはグレゴリーさんがいますから、被害が出るなら人的なものより、壁とか窓とかが割れる器物破損になると思いますよ」

「そうだな。まあ、バーナードがいた時みたいに、校舎の一角が崩れることにならなければそれで良い」

ふっ、と生気の失せた目をして遠くを見つめるローレンスに、フリオはぎょっとする。

「えっ!?　……崩れたんですか？」

「崩れたぞ。裏社会のとんでもない馬鹿が来てな、悪あがきに自爆特攻しようとしたもんだから、バーナードが焦って柱を一本折ってしまった。そこから崩れてな……」

文化祭の終わり頃だったからまだマシだったが、やはり大騒ぎになったらしい。

「ベルクハイツに言っとけよ。手加減を間違えるな、って。あの崩れた一角の修繕費は、結局半分、ベルクハイツが支払う羽目になったからな。バーナードを叱《しか》りに乗り込んできた夫人の迫力ときたら……」

激怒した傾国の美女なんて見たくなかった、と言うローレンス。フリオはふるり、と身を震わせた。

「何事もなく、終わればいいな」

そう言って、ローレンスは話を締めくくる。

しかし、そのいかにもな言葉をとある世界ではこう呼ぶのだ。

フラグが立つ、と。

第九章

とうとうやってきた文化祭一日目。

アレッタのクラスは飲食物の販売をしており、カフェもどきを開いている。ただし、この文化祭限定のカフェもどきは、アレッタのクラスだけで行っているのではなく、二クラス合同だ。

加えて、何故《なぜ》『もどき』なのかと言うと、店の形式がケーキバイキングのように客が自らの手でケーキやサンドイッチを選び、皿に盛るためだ。店員がするのは、席への案内、紅茶のサーブ、皿の回収、そして会計のみ。客は一定額を支払えば、設定された時間内で好きなだけケーキやお茶が楽しめるのだ。

だが、この世界にはバイキングなどに該当する言葉がないため、今回の催しはカフェと称していた。

この二クラス合同の飲食物の販売は、一年生が行うのが伝統で、先輩方は自分が一年生の時を思い出し、後輩達を微笑《ほほえ》ましく見守ってくれている。

一年生は全部で四クラスあるのだが、残りの二クラスもまた、合同で飲食物の販売を行っている。

アレッタ達のクラスは開放されたテラスと空き教室の一室を使っており、客足はそこそこのものだ。

今回は、ケーキやサンドイッチの製造を外部に頼み、それの手配を高位貴族の子弟と令嬢、一部の商人の子が担当した。彼らはそうした手配をすることで店員を免除されている。従って下級貴族や特待生枠の生徒達が、店員を務めることになっていた。

アレッタもまた店員組に回されたが、彼女の当番は一日目だけである。二日目は、招待された来賓が来るからと一日目に回されたのだ。

それが意味するところはただ一つ。

どうぞ、一狩りしてきてください、ということだ。

何を狩るかは言うまでもない。来賓や生徒を狙う不届き者である。

今までも業者を装《よそお》い学園に侵入した者がいたが、何か行動を起こす前に全てアレッタに狩られた。もちろん、こうした侵入者は毎年いるのだが、今まで生徒に被害が及んだことはない。貴族の子弟や令嬢、果ては王族まで預かるが故《ゆえ》に、ここのセキュリティレベルは王城のものと引けを取らないのだ。

それでも侵入されてしまうのは相手が巧《たく》みだからであるが、それらが直接的な行動を起こそうとしない程度には、整備されている。行動を起こせば必ず捕まり、死が待っていた。

そうした警戒がどうしても甘くなるのが、文化祭なのだ。

安全のために来賓の招待はやめるべきだという声もチラホラ聞こえるものの、これまで続いているのが答えである。

さて。そんなわけで、アレッタは文化祭の二日目に放流されるのが決定されているのだが、兄のグレゴリーまで乗り込んでくるこの祭りに、果たして不届き者は出るのだろうか？

ベルクハイツが二人もうろつく学園に現れるなど、正気の沙汰ではない。

そんなことを考えながら、アレッタは紅茶のサーブをしていた。サーブ先は、休憩時間中のマデリーンと、その友人であるエレーナだ。もう一人の友人であるフローラは、現在当番中であるらしい。

「あら、この茶葉美味《おい》しいわね」

「アレッタの腕も見事だわ」

マデリーンが目を瞬《またた》かせ、エレーナがにっこりと笑う。

「ありがとうございます。その茶葉はベールヴァン領の新作茶葉で、リッツ商会で取り扱っています。ご購入をご希望でしたら、会計の際に言っていただければ、近日中にリッツ商会がお届けいたします」

「あら、そうなの？」

「そうねぇ。せっかくだし、頼んでみるのも良いわね」

現在、このような会話があちこちでされている。

今回、クラスメイトに有名商会の子息がいたため、ケーキやサンドイッチ、茶葉などを安値で卸《おろ》す代わりに、宣伝をすることになったのだ。

家や領地の商品の宣伝は、この文化祭の習わしである。ちなみに、今回のアレッタはベルクハイツ領の宣伝をしない。

「そういえば、アレッタはもう見たかしら？　アルベロッソ領の職人がカットしたクリスタルドラゴンの裸石を」

「あ、はい。準備中に、ちらっと見せていただきました」

エレーナの言葉に、アレッタが頷《うなず》く。

今年のベルクハイツ家の宣伝は、マデリーンの実家であるアルベロッソ家と合同で行うことになっているのだ。

「クリスタルドラゴンって、夢みたいに美しいのね。虹色に輝いていたわ……」

「ふふふ。ベルクハイツ領で狩られたものを、婚約のお祝いにと優先的に買い取らせていただけたのよ」

エレーナがうっとりと溜息《ためいき》をつき、それにマデリーンが微笑《ほほえ》む。

「クリスタルドラゴンは恐ろしく硬くてカットが難しいの。我が領の熟練の職人なら問題なくカットできるわ。今回はカットした一カラットの裸石を持ってきたの。あの存在感ですもの、きっとその十分の一のカラットのものでも十分持ち主を美しく見せるでしょうね」

彼女がアルベロッソ領の職人達が手掛けたアクセサリーとベルクハイツ領の魔物素材から削り出した宝石を数点展示したのだ。中でもクリスタルドラゴンから削り出した裸石は今回の目玉である。

こうした高価なものは特別室にて厳重な警備のもとに展示されているので、マデリーンの仕事はあまりない。二日目は問題なくグレゴリーと文化祭を楽しめる。

「マデリーン様、明日は兄をよろしくお願いいたします」

「ふふ、任せてちょうだい」

マデリーンの楽しげな声音にアレッタは安心して微笑《ほほえ》み、他のお客様へ紅茶をサーブするために仕事へ戻った。

その際に視界の端にチラ、と映ったものがあったが、彼女は速攻で視線を逸《そ》らす。

アレッタは、見ていないのだ。

そう、サーモンピンクの髪の少女――リゼットなど見てはいない。

彼女が一言言ってやらなきゃ、とばかりにこちらへ突撃しようとし、寸前でオルタンスに捕獲されて連行されていく光景など！

見ていないったら、見ていないのだ。

＊＊＊

さて。アレッタはクラスで紅茶のサーブ係という仕事に勤《いそ》しんでいたが、その婚約者であるフリオは警備の裏方仕事、情報が集められる本部の奥に詰《つ》めていた。

本来ならば彼も外回りや定位置での警備に配置されるはずだったのだが、リゼットに付《つ》き纏《まと》われている状態では邪魔になる。仕方なく、入ってきた情報を纏《まと》め、それを上司に報告し、さらにその情報を必要としているであろう人員に渡すという作業をしていた。

なお、これは本来正騎士がする仕事であり、学生には難しい。それを難なくこなすフリオは、正騎士達からウチに欲しいという熱烈な視線を送られている。

大騒ぎにならないのは、ローレンスの「ベルクハイツの伴侶になるんだから、当然だろう」という言葉があったからだ。

「先生、ベルクハイツの伴侶って、あんなに優秀なんですか？」

「当たり前だろう。月に何度も魔物の氾濫《スタンピード》が起きる地域だぞ？　処理することが多すぎるクソ忙しい場所だ。そんな土地の当主代理で内政を任せられてるんだ、相当な切れ者じゃなけりゃ手が回らなくなるぞ」

学園の卒業生である若い正騎士がローレンスに尋ね、すぐに返される。その回答に、なるほど、と頷《うなず》きながらも。彼は首を傾《かし》げた。

「いや、けど、アレッタ嬢の前の婚約者のルイス・ノルトラートはもっと普通でしたよ？　仕事はそれなりにできるほうでしたが、あそこまでじゃなかった」

そんな台詞《せりふ》に、ローレンスは書き物をしていた手を止め、正騎士を見つめる。

「そうなのか？」

「ええ。全体的に優秀ではありましたが、それでも中の上、といった具合でしたね」

まあ、その後にやらかしたことでその評価は奈落に落ちたが、と肩を竦《すく》める正騎士に、ローレンスはなるほど、と呟《つぶや》く。

「そうか。そんな評価をされる程度じゃ、あの騒動がなかったとしても、いずれは婚約を解消されていただろうな。あの土地では伴侶の力も重要なんだ。最低でも今のブランドンくらいの力がなけりゃ、現状維持もままならない」

「そうなんですか……」

うへぇ、と呻《うめ》く正騎士に、ローレンスは無駄口叩いてないで仕事へ戻れと手を振った。

その話を周りで聞いていた者達は、じゃあ、歴代当主夫人って、アレ以上なの？　と愕然《がくぜん》とし、猛烈な勢いで仕事を捌《さば》くフリオを見る。

その後暫《しばら》くして、昼食の時間になった。

噂の次期ベルクハイツ家当主、アレッタが差し入れを持って現れる。

あれが外見詐欺か、と注目を集める中、彼女は軽食を沢山《たくさん》積んだ重そうなカートを一人で軽々と押して室内に入ってきた。

「一年生からの差し入れです」

「ああ、ありがとう」

カートごと引き渡されたそれは、ずっしりと重い。アレッタのような体格の女子では、普通は苦労するはずなのだが、平気な顔をしていたということは、つまり、そういうことである。

あの細腕にヤバイ筋肉が詰《つ》まっていると察した正騎士達は、粛々《しゅくしゅく》と差し入れを検査した。何も仕込まれていないと確認してから、警備を纏《まと》める長である騎士団長が休憩を告げる。騎士達は事前に決めていた順に仕事の手を止め、それに手を伸ばし始めた。

差し入れの内容は鶏肉の照り焼きを挟んだサンドイッチと、ＢＬＴサンドに卵サンド、そしてトマトスープだ。

それぞれが舌鼓《したつづみ》を打ちつつ、食べ終えた者からその場を去る。

そんな騎士達を見ながら、アレッタはそっとフリオに近づいた。

「フリオ、お疲れ様」

「おー、サンキュー、アレッタ」

取り分けた差し入れのサンドイッチとスープカップを差し出すと、彼は礼を言って受け取る。

「スープは根菜が入ったトマトスープだから、温かいうちに食べてね」

「おー」

そして、持っていた書類を遠くへ押しやり、目頭を揉《も》みつつモソモソと食べ出した。

「仕事は大変？」

「んー、まあ、そこそこだな。予想の範囲内だ」

将来担《にな》うであろうベルクハイツの内政はもっと大変なのだから、これくらいで音を上げるつもりは、彼にはない。

それに、アレッタが以前言ったように、フリオには心強い相談相手がいるので、その将来を悲観してもいなかった。

「ん……。このスープ、うまいな。どこのだ？」

「スープはヴェッデ商会が出資してるレストランからよ。ほら、表通りに新しくできた赤い扉のレストラン」

「ああ、あそこか」

今度行こう、と話す婚約者同士の会話を聞いていた周囲の者達は、アレが次代のベルクハイツ、と珍獣を見るような目つきになる。もし、アレッタに彼らの思考が読めたら、そこはリア充爆発しろと思うところではないのか、と苦情を入れただろう。

そんな忙しい中の一時の和《なご》やかな空気の中。アレッタが、優秀な聴覚の捉えた音に一瞬身を固まらせた。だが、何事もなかったかのようにフリオに紅茶を淹《い》れる。

彼女の不自然な様子に気づき、フリオが尋ねた。

「どうかしたか、アレッタ？」

「いいえ、なんでもないの。気にしないで」

そう言って微笑《ほほえ》む彼女に、フリオはそうか、と言って紅茶に口を付ける。

そうしてポツポツと話していると、正騎士の一人が提案した。

「ブランドン、お前ずっとここに詰《つ》めっぱなしだろう。休憩がてら少し周りを歩いてきたらどうだ？」

アレッタをチラ、と見ていたことから、少しの間でも婚約者と二人で過ごさせてやろうという粋《いき》な計らいなのだろう。

フリオはすぐに頷《うなず》こうとする――しかし、それをアレッタによって遮《さえぎ》られる。

「あの、お気遣いいただき、ありがとうございます。ですが、残念ながら今は障《さわ》りがあるようなので……」

申し訳なさそうな彼女のその言葉に、フリオと正騎士は「障《さわ》り？」と頭上に疑問符を飛ばす。

そんな二人に、アレッタは気まずそうに告げた。

「外から、リゼットさんの騒ぐ声が聞こえてきて……」

彼らはぎょっとして顔を見合わせる。正騎士が確認してくると言ってその場を離れた。

残されたフリオはアレッタを見つめ、「マジで？」と尋ねる。アレッタが苦々しい顔でそれに頷《うなず》く。

少しして先程の正騎士が戻ってきた。

「本当にフォルジュ子爵令嬢が騒いでたぞ。差し入れを持ってきたから入れろ、とか言ってたな。今、ルモワール公爵令嬢に回収してもらうために人を遣った」

何やらドン引きした様子の正騎士が、フリオに同情の視線を向ける。

それを聞いたアレッタがフリオのほうを見たが、彼はうんざりと盛大な溜息《ためいき》をつき、机に突っ伏して暫《しばら》く動かなくなったのだった。

＊＊＊

差し入れのサンドイッチが全てなくなってから、アレッタはカートを押して仕事へ戻った。

そんな彼女を待っていたのはリゼットだ。どうやらオルタンスに回収された後、再び抜け出してきたらしい。

うげぇ、と最早《もはや》隠そうともせずに内心を曝《さら》け出《だ》すアレッタに、どういう神経をしているのか、リゼットは気の弱い令嬢が意を決して意見しに来ましたと言わんばかりに近づいてきた。

周りの人間もそれに気づき、戦々恐々と事《こと》の成り行きを見守る。

「アレッタさん。あの、ここ最近の噂を聞いたんだけど……」

「はあ……」

気のない返事をするアレッタに、リゼットは潤《うる》んだ目を少しだけ吊り上げた。その表情は怒っているはずなのに怖くはない。逆に見る者によっては愛らしく見え、これぞ『ヒロイン』といった表情だ。

しかし、アレッタには嘘くさい『女優の顔』に見える。

「そうですか」

「貴女《あなた》が、学園に侵入してきた不審者を捕らえたと聞いたわ」

噂の内容は、ただの事実である。しかし、リゼットはそう思っていないようだ。

「アレッタさん、武勲の捏造《ねつぞう》は良くないわ！」

「は？」

アレッタが首を傾《かし》げるのと同時に、周りの人間も何を言っているのか分かりませんというふうに目を白黒させる。

ベルクハイツに武勲の捏造《ねつぞう》などあり得ない。

そんな周囲の様子に気づかず、リゼットはさらに言葉を重ねる。

「いくら当主にならなきゃいけないとはいえ、嘘の実績を作るなんて駄目よ！　ちゃんと自分の力で足場を固めるべきだわ！」

「ええ……？」

　アレッタは困惑も顕《あら》わに首を傾《かし》げるが、リゼットはお構いなしだ。

「確かに、お兄様が四人もいらっしゃるのに貴女《あなた》に当主の座が回ってくるまでは大変な思いをしたんでしょうけど、これは間違っているわ！」

　アレッタは、最早《もはや》、絶句である。

　どうやらリゼットの脳内は大変愉快なことになっているらしい。

　その言葉の内容から推察するに、ベルクハイツ家では当主の座を兄弟で争っていたと誤解されているようだ。兄が四人いることを知っているのだから、それなりにベルクハイツ家について調べたことは分かるものの、何故《なぜ》その結論に至ったのかが理解できない。

　言葉をなくしたアレッタをリゼットはどう受け取ったのか、諭《さと》すような声音で言《い》い募《つの》る。

「向上心があるのは良いことだと思うの。けど、事実の捏造《ねつぞう》は駄目よ。自分の力で勝負しなきゃ、いつかきっと破綻《はたん》する時がくるわ」

　破綻《はたん》も何も事実しかないので、そんな日はこない。

しかし、果たしてそれを言って彼女が信じ、納得するだろうか？

リゼットが自分にとって都合の良いものしか理解しないことは分かっている。

アレッタは何かを言う気が削《そ》がれてしまう。

リゼットの説得をほぼ諦めている彼女は、兎《と》にも角《かく》にもここにいられては邪魔になるし、割り当てられた仕事ができないと困るので、帰ってもらおうと考える。

リゼットはアレッタ達のカフェに居座っているのだが、お金を払ってケーキを楽しむためにいるわけではなく、本当にただ居座っているだけなのだ。迷惑な客どころか、客ですらないのである。できれば早急にお引き取り願いたい。

「そうですね。私も武勲の捏造《ねつぞう》はいけないことだと思います。それで、お話はそれだけでしょうか？　こちらにはお茶を楽しみにいらしたんですよね？　ご注文はどうなさいますか？」

アレッタの淡々とした問いかけに、リゼットの表情が歪《ゆが》んだ。二人の間に冷たい空気が流れる中、アレッタの視界の端、リゼットからは死角になる場所で、クラスメイトの少女がドアを指さす。彼女は声を出さずに「呼んでくるね」と口を動かし、外へ出ていった。おそらく、オルタンスを呼びに行ったのだろう。

アレッタが知るだけでも、オルタンスがリゼットを回収するのは三回目だ。オルタンスの苦労が偲ばれるというものである。

そんな、自国の公爵令嬢に迷惑をかけている子爵令嬢は、いかにも『善性ヒロイン』であると言わんばかりの仮面を被り、アレッタに絡む。

「アレッタさん、逃げないでちょうだい。これは、とても大切な話なのよ」

その言葉に、この人の顔面を割ったら駄目かなぁ、と物騒なことを考えながら、アレッタはうんざりしている内心を表情に出した。

できるなら、一発殴って全てを終わらせたい。きっと体感してもらえば、アレッタの武勲が捏造《ねつぞう》ではないと分かるはずなのだ。

しかし、そんな思考を脳内でフリオが止める。

それは、想像の中の二頭身フリオだ。彼は必死に首を横に振り、ヤメルンダ、アレッタ！　と喚《わめ》いていた。

わあ、フリオったら、随分《ずいぶん》可愛くなっちゃって、と遠い目をするアレッタは、多分疲れている。

こんな短時間でベルクハイツを疲れさせるなど、ある意味偉業だ。流石《さすが》地雷女リゼット、誰にもできないことをやってのける。

何やらキャンキャン喚《わめ》き出《だ》したリゼットを前に、アレッタは利き手をぐっ、ぱっ、と握ったり開いたりして調子を確かめた。

うむ、良好である、と確認するが、残念ながら手は出せない。

相手は地雷女とはいえ、武力を持たない女性。武人たるアレッタが手を出してはいけないのだ。

アレッタの利き手の様子に気づいた人々が、やべぇ、潰れたトマトができるかもしれん、と戦々恐々とする。そこでついに、地雷回収班が到着した。

「リゼット！　貴女《あなた》、またご迷惑をおかけして！」

柳眉《りゅうび》を吊り上げて怒るオルタンスにリゼットは一瞬嫌そうな顔をしたが、すぐにシュンと肩を落としていかにも反省しています、という態度をとった。しかし、彼女のこれまでの行動からそれがポーズでしかないことは知れている。

その事実はオルタンスが一番よく分かっており、冷たい目でリゼットを見た。美貌《びぼう》の彼女は、迫力満点だ。

そんなオルタンスの様子に緊張するでも怯《おび》えるでもないリゼットは、度胸があるという評価を通り越し、ただの恥知らずなのだと思えた。

一方、オルタンスはアレッタ達に謝罪をしたが、その顔には隠し切れない疲労が見える。きっとリゼットに向けた説教や諭《さと》す言葉全てが彼女に届かず、心が疲れているのだろう。

実際、疲労の原因たるリゼットは、表面上は反省しているとばかりに小さく縮こまっているものの、次第に動き始めた眼球が、目の前の事態に飽きたのだということを推察させた。

母国が同じというだけで、こんな問題児の世話を焼かなければいけないオルタンスに同情の視線が集まる。それでも彼女は凛《りん》とした顔つきで背筋を伸ばし、皆の視線に静かに会釈《えしゃく》するだけの謝意を見せた。

リゼットを回収していくオルタンスの背を見送りながら、誰ともなく呟《つぶや》く。

「後でオルタンス様に差し入れを持っていこう……」

その言葉に、室内にいた面々は、無言で頷《うなず》いたのだった。

第十章

『他国令嬢潰れたトマト危機一髪』を乗り越え、迎えた文化祭二日目。本日は『チキチキ裏社会のお仕事危機一髪』が開催されようとしていた。

前日にトマト危機一髪があったせいか、アレッタを一人で放流するのは不安らしく、彼女に監視がつくことになる。

その監視というのが――

「これが不幸中の幸いということか……」

「あれ？　フリオ、出てきて大丈夫なの？」

フリオだったのである。

「今日は、リゼット嬢はがっちり監視されながらクラスで仕事をするんだと。昨日はサボりまくってたらしいからな。オルタンス嬢が教えてくれた」

「ふーん」

リゼットが任された仕事は元々少なかったらしいが、それでも働きが最低限すぎた上に、行く先々で騒ぎを起こしていたので、クラス全員で監視すると共に、昨日サボったぶんも今日働かせるのだという。

「リゼット嬢のクラスに近づかなけりゃ大丈夫だ」

「そうなんだ」

何にせよ、フリオと一緒にいられるのは嬉しい。

彼もそう思っているのか、心なしかいつもより浮ついているように見えた。

「それで、今からグレゴリーさんを迎えに行くんだろ?」

「ええ。受付開始から来るって言ってたから、そろそろ行かないといけないんだけど――」

「アレッタ!」

アレッタは言葉を途中で切り、呼ばれたほうを振り返る。そこにはマデリーンがいた。

マデリーンは頬をほんのり赤く染め、どこか嬉しげで、楽しそうな微笑《ほほえ》みを浮かべている。

「ごめんなさい、お待たせしてしまったかしら?」

「いえ、大丈夫です。時間ピッタリですよ」

実は、アレッタはマデリーンと共にグレゴリーを迎えに行く約束をしていたのだ。

「あら、ブランドン先輩。こちらにいらして大丈夫なの?」

「ええ、大丈夫ですよ。例のご令嬢はクラスメイトとオルタンス様に見守られながら、一生懸命仕事をしているはずですから」

物は言いようである。つまり、クラスメイトとオルタンスに見張られて、引っ切りなしに仕事を回されているのだ。

マデリーンはそんな言葉の裏を正確に受け取り、あらまあ、と呟《つぶや》いて、ますます輝くような微笑《ほほえ》みを浮かべた。

「それはさぞかし良い思い出が残りそうですわね」

「ええ、本当に」

そう言って、二人は朗《ほが》らかに笑い合ったが、アレッタの目には黒い何かが渦巻《うずま》いているように見える。

そんな会話をした後、三人は正面玄関のすぐ傍《そば》にあるエントランスへ向かった。そこで招待された保護者達が招待状をチェックされ、記帳を行うのである。

しかし、そのエントランスに近づくにつれ、静かな緊張感を覚えるようになった。

「アレッタ……」

「うん……、えっと、う〜ん」

それを感じ取ったフリオは一瞬身を固くしたが、すぐに体の筋肉をいつでも飛び出せる状態へと変え、アレッタに視線を向ける。

視線を向けられたアレッタは、フリオの緊張状態とは逆に、苦笑いを湛えて脱力状態になっていた。

そんな彼女にフリオは目を瞬《またた》かせ、どうしたんだ、と尋ねる。

「いや、うん……。見れば分かると思う……」

そう言って、危険はないから、とフリオとマデリーンを引き連れて、アレッタはエントランスへ向かう。

そこで待っていたのは、クレーター状にぽっかり穴が開いた無人の空間の中心に一人立つグレゴリーと、その両手に頭をがっちりと掴まれて吊り下げられている白目を剥《む》いた二人の男の姿だ。

その姿を見た途端、アレッタはやっぱりな、と思い、フリオは何かを悟ったかのような遠い目をした。マデリーンだけが、瞳を輝かせる。

生粋《きっすい》の高貴な生まれのご令嬢だというのに、あの姿を見てドン引きするでもなく瞳を輝かせるとは、マデリーン様は大変強い心をお持ちだ。

わあ、お似合いカップル、と半ば呆れつつ、アレッタは人垣を掻き分けてグレゴリーに声をかけた。

「グレゴリー兄様、えっと、お久しぶりです。……それで、あの、今の状況をお伺いしても？」

「ああ、アレッタか。久しぶりだな」

少しばかり張りつめていた空気を和らげたグレゴリーだが、父よりもマイルドとはいえ、相変わらず二十歳の若者とは思えぬ貫禄《かんろく》を持つ強面《こわもて》である。言うなれば若き武人、将来大物になるとしか思えない顔つきなのだ。

ちなみに、この顔つきこそ、裏社会で注意事項と共に知らされる『ベルクハイツ顔』である。この顔を見たら即座に逃げろ、と教育されるのだ。

その『ベルクハイツ顔』から初めて外れたアレッタの存在に、裏社会では動揺と戦慄《せんりつ》が走っているのだが、それは今は関係ないので置いておく。

それよりも今は、裏社会の人間だろう吊り下げられた目の前の男二人のことだ。

「いや、裏社会の人間みたいな足運びの男を見かけたんで捕まえたんだが、どうやらペアだったらしくてな。襲われたので、返り討ちにした」

「はあ……、いや、そうだとは思いましたけど……」

どうして吊り下げるような状態になっているんだろう、とアレッタが首を傾《かし》げていると、誰かが呼んだらしい警備の騎士達が男達を引き取りに来た。

て兄と向き合う。

縄をかけられ、魔法封じの枷《かせ》も付けられて連行される男達を見送り、アレッタは改め

「グレゴリー兄様、忙しいのに来てくれてありがとうございます」

「ああ。大丈夫だ、今は父上が領地にいるし、間引きもしっかりしてきたからな」

アレッタの言葉に、グレゴリーは薄く微笑《ほほえ》んでそう言うが、心なしか目の前で話すアレッタから気が逸《そ》れ、ソワソワとしている。

アレッタは仕方ないなぁ、と生温かい目をしながら、お望みの人物へ引き合わせることにした。

「グレゴリー兄様、マデリーン様も迎えに来てくださったのよ」

「そうか！」

珍しく嬉しげに語尾が跳ね上がる兄に苦笑して、マデリーンのもとに案内する。

そして、顔を合わせるなり、マデリーンはパッと華やいだ笑みを浮かべ、グレゴリーは少し照れ臭そうな顔で目元を緩ませた。

挨拶《あいさつ》を済ませると、二人はそっと自然に寄り添うような格好でアレッタ達に告げる。

「それじゃあ、後は予定通りで良いか？」

「はい。兄様もマデリーン様も文化祭を楽しんでくださいね」

「ええ。アレッタもブランドン先輩も楽しんでね」

「はい。そちらも、良い一日を」

グレゴリーとマデリーンは文化祭デートをする約束をしていたのだ。アレッタとグレゴリーはここでお別れである。

グレゴリーとマデリーンは何やら淡い桃色のオーラを発しながら、にこやかに去っていった。

その二人を生温かい笑みで見送ったアレッタは呟《つぶや》く。

「話には聞いていたけど、実際目の前で見ると受ける衝撃が違うよね。こう、お父様とお母様とは違うインパクトがあるというか……」

「ああ、うん……。言いたいことは分かるぞ……」

片やバックに花が咲き誇る世界の住人、もう片方は雷鳴が轟《とどろ》く中で必殺技が飛び交う世界の住人である。それが仲良く同居した絵面は、なんともいえぬインパクトがあり、アレッタは思わず目を泳がせ、フリオは遠い目をしたのだった。

＊＊＊

獲物を前に、拳《こぶし》を握る。

踏み込みは浅くて良い。

――力が拳《こぶし》に乗りすぎてしまうから。

獲物に向ける拳《こぶし》は、振り抜いてはならない。

――もし振り抜けば、相手の頭は潰れたトマトのようになってしまうから。

人間が獲物の時は、必ず手加減しなければならない。

――魔物と比べて、人間は酷《ひど》く脆《もろ》い生き物だから。

そんな教えを胸に、アレッタは目の前の獲物の意識を上手に狩り取った。

「はい、三人目～」

「嘘だろ……。どうしてこんなにいるんだ……」

アレッタの足元に崩れ落ちた男は、いかにも貴族の使用人といった上等な格好をしているが、これも裏社会の人間である。大方どこかの貴族の使用人に扮して侵入したのだろうが、ベルクハイツの嗅覚の前には無意味であった。

「グレゴリーさんの捕まえた奴らと合わせて、この短時間で三人？　ベルクハイツが二人もいるってのに、何、考えてるんだ……」

フリオが唖然《あぜん》としながらそう呟《つぶや》き、崩れ落ちた男に枷《かせ》を嵌《は》めて警備の騎士達を呼ぶ。

「これって、多いほうなの？」

「多いな。序盤で三人だぞ？　奴らは場所も時間も問わず、これから侵入してくる奴だっているんだ。それなのに、今、三人も捕まっている。……下調べはしなかったのか？」

それとも情弱なのか、と首をひねる彼に、アレッタも首を傾《かし》げた。

裏社会の人間が今回に限って多く侵入してきているのには訳があるのだが、それはまだアレッタ達の知らぬこと。

とりあえず、尋問すれば何かしらの情報が得られるだろう。それを待つことにし、アレッタとフリオは後を騎士達に任せて、再び歩き出す。

「とりあえず、次はどこに行く？」

「あー……、そうだな。なら、マデリーン嬢のところの宝飾品でも見に行くか？　ベルクハイツ領の魔物素材を使ったアクセサリーを数点だが作ったらしいじゃないか」

「あ、そうね。そうしよう」

不法侵入者とかち合い、捕り物をすることもあるが、結局文化祭デートができているので、アレッタは現状に概《おおむ》ね満足していた。

まさか最も忙しい学年たる三年生のフリオと回れるとは思っておらず、素晴らしいサプライズにご機嫌になる。

侵入者やリゼットのことはアレだが、良い思い出になりそうだ。

「ところで、リゼットさんって、本当に今日は抜け出せないようにしてるの？」

「ああ。警備の邪魔になるかもしれない、ってことで、騎士科からも見張りがついてるんだよ。昨日、ちっとも行動を自重してなかったからな。他国の令嬢、ってのもあって、安全上の理由による護衛という名目で見張りがついてる」

警備の邪魔と言うのもあるが、チョロチョロ動かれてベルクハイツの侵入者狩りに巻き込まれても困る。見張りがメインではあるが、護衛というのも強ち嘘《あなが》ではない。

「まあ、前にも言ったように、クラスの連中もあのお嬢様を自由にさせると面倒を起こすのが重々分かってるから、目を光らせてるはずだ。そう簡単には抜け出せないだろうな」

「うわぁ……」

二年生は三年生ほどではないが、忙しいのだ。それでも目を離さないという選択肢を取ったということは、目を離したせいで仕事が増えたということである。

リゼットは他国からの留学生なので、本来それほど仕事はない。サボリくらいであれば、がっちり見張られなければならないほど、クラスに迷惑をかけることはないはずなのだが……そうでないということは、余程面倒なトラブルを起こしたということだ。

「昨日リゼット嬢に割り振られた仕事は物販の品物の出し入れらしいんだが、どうもそれを仕舞っている金庫の鍵を持ってフラッといなくなったらしくてな」

おかげでその品物が予定通りにスペースに並べられず、それを売り出す予定だった生徒は怒り心頭だったそうだ。連れ戻されたリゼットは、すぐさま金庫の鍵を取り上げられ、クラスの代表やオルタンスからきつく叱《しか》られた。しかし、懲《こ》りずに再び姿を消し、恐ろしい勢いでヘイトを稼いだ。

「元々少なかった信用をごっそり失ったらしいな。今頃、針の筵《むしろ》じゃないか？」

「その針の筵《むしろ》に座っても、果たしてそれを痛いと感じる痛覚は正常に機能してるのかしら……？」

アレッタはかなり辛辣《しんらつ》な言葉を吐いたが、フリオはそれを否定せず、スンと真顔になるだけだった。

アレッタは頭痛を覚えそうな話題はそこで切り上げることにする。

「ところで、捕まえた侵入者の尋問結果って、私は教えてもらえるの？」

「ん？　あー……、そうだな。まあ、国家機密だとかに触れてなければ、ベルクハイツのお前なら教えてもらえると思うぞ。ただ、尋問だか拷問だかの結果が出るとしたら、明日以降になるだろうな」

　裏社会の人間は、雇い主の態度次第では、交渉次第で雇い主を裏切る場合があった。それが尋問中に起これば、早々に情報を引き出せる。だが、何かしら忠義のようなものを感じていると、拷問しても口を割らず、むしろ自決する可能性のほうが高い。

「ただ、今回捕まった連中はあまりたいした腕を持ってないように感じるんだよな。ベルクハイツが二人いる意味を知らなさすぎる」

「ふーん……。あ、ねえ、もしかして他国の人間だったりしないかしら？」

「え？」

　アレッタの言葉に、フリオは虚を衝《つ》かれた顔をした。

「だって、ベルクハイツは武門の家として有名だけど、他国の人間はそれがどういう意味なのかウィンウッド王国の人間より分かってないと思うの。我が家の人間は代々学園に入って、戦場に出ない人間にもその力を見せつけてきて、ベルクハイツの力をある意味肌で感じさせてるのよね」

「あー……、なるほど。そりゃあ、噂話や出回る情報に実感が伴うし、受け取る側も割と正確に理解するよな」

代々のベルクハイツの人間が、その異様な力を定期的に見せつけているのである。しかも、記憶に残りやすい学園での青春時代に……

ベルクハイツが学園に在籍していた時代と重なった人間の学園時代の思い出話の中には、必ずベルクハイツが登場する。その姿は己《おのれ》の常識をぶち壊されるほどに鮮烈で、他のことは忘れても、ベルクハイツだけは忘れられないというのが割とよくある話なのだ。

そして、それは貴族間での話である。

裏社会の人間の間では、今回の文化祭のように、ベルクハイツが在学中に侵入者狩りをする姿が繰り返し話題に上《のぼ》る。その他、学生であるベルクハイツがうっかり裏通りに迷い込み、そこで裏の人間がうっかり絡み、さる組織を物理的に崩壊された姿が目撃されもした。

触るな危険扱い。裏社会の人間は、ベルクハイツの力を実感、もしくは体感しているのだ。

特に最近は、アレッタの兄四人が続けて学園に在籍していたせいで、ベルクハイツの脅威がウィンウッド王国の裏社会にも浸透している。それらを知らず、ベルクハイツを甘く見ているというなら、問題を起こしているのが他国の人間である可能性が高い。

フリオはアレッタの言葉に納得する。その可能性を伝えるべく、巡回中の騎士科の生徒に伝言を頼もうと声をかけた。

フリオはアレッタの推測を本部の正騎士に伝えるよう頼んだ後、特別室へ向かう道中で疲れたような溜息《ためいき》をつく。

「フリオ、大丈夫？」

「ああ……、まあ、大丈夫。ただ、他国の人間が侵入してるとなると、また別方向に面倒だな、と思っただけだ」

もしアラン元王太子がその地位のままで学園に在籍していたら、単純に彼を狙っているのだと考えられる。しかし、現実ではアランはその地位を追われ、退学になっていた。ならば、他国の裏社会の人間がわざわざ侵入し、狙う人物は誰なのか。

一人思い当たる人物がいる。

「もしかして、狙いはオルタンス様？」

「ああ。そう考えるのが普通だな。なんといっても、カルメ公国の公爵令嬢で、我が国の王太子殿下の最有力婚約者候補だ。狙われる理由は多い」

もっとも、一番確率が高いというだけで、確定ではない。結局全ては尋問待ちだ。

特別室へ向かうのに、近道である使用していない空き教室が並ぶ廊下を二人で歩く。

辺りに人気《ひとけ》はなく、巡回の警備担当の生徒や騎士達の姿も見えない。

大抵、こうしたところに後ろ暗い連中は潜《ひそ》むものだが、今はそうした者達の気配も感じられなかった。

「ここには誰もいないみたい」

「そうか。まあ、後でもう一度回ろう」

何箇所かあるそうしたポイントを思い浮かべ、フリオが溜息《ためいき》交じりにそう言った。

「フリオ、やっぱり疲れてるよね？」

「あー……、そうだな。少し疲れた」

目を閉じ、ふ、と小さく息を吐くと、目を開けて少し悪戯《いたずら》っぽい顔でアレッタを見る。

「アレッタが優しく労《いた》わってくれたら、元気になるかもな」

するりとアレッタの頬から唇にかけて撫《な》でた彼に、アレッタが顔を赤くした。

「なっ!?」

「俺、頑張ってるだろ？　なあ、アレッタ」

ふふふ、とフリオは小さく笑う。

「可愛い婚約者にだったら、元気にしてもらえると思うんだけどなぁ？」

そして、甘く、けれど揶揄《からか》い交じりの笑みを浮かべた。アレッタは赤みが引かない頬のまま、少しムッとした表情をするも、素直に頷《うなず》く。

「そうね。フリオは頑張ってると思う」

その言葉に、フリオは、おや、と思った。

そんなフリオの表情から、アレッタは彼が戯《たわむ》れで終わらせるつもりだったことに気づく。——それは面白くない。

アレッタは心の内で、ムクリと獣が身を起こすのを感じた。

油断しているフリオの襟元《えりもと》をひっつかみ、強引にその顔を己《おのれ》へ引き寄せて囁《ささや》く。

「だから、可愛がってあげるわ」

「え」

一瞬のうちに年下の婚約者の顔から、肉食獣の微笑にその顔を変化させた。

まずい、と思ってももう遅い。アレッタはいつかのようにフリオの唇に噛みついてやったのだった。

＊＊＊

「——いちどならず、にどまでも……」

フリオは人気《ひとけ》のない廊下の隅でうずくまり、さめざめと嘆《なげ》いていた。

対するアレッタは、しれっとした顔で胸を張る。

「ご馳走様《ちそうさま》！」

「はしたないぞ、アレッタ……」

咎《とが》める声も弱々しい。

男のプライドをボコボコにされ、心は瀕死の重傷だ。

フリオの年下の婚約者は、普段は年下らしい幼く甘えたな面を見せるのに、いざとなると肉食獣めいた行動を取る。

男として、実に恐ろしい。腕力でも敵わないので、この喰われる立場をひっくり返せる可能性がゼロに近いのも泣けてくる。

「可愛がってあげただけよ！」

「それは男の役目なんだぞ、ふつう……」

萎《しお》れたフリオに、アレッタが雄々《おお》しく告げた。

「私のほうが強いから仕方ないわね！」

「弱肉強食ぅ……」

逆転は絶望的だなぁ、と遠い目をするフリオに、さっさと立てと促《うなが》す。

「ほら、フリオ。マデリーン様のところの宝飾品を見に行くんだから、さっさと立って！」

「ううう……。納得いかねえ……」

　ぶちぶち文句を言いつつも、彼は立ち上がってアレッタの傍《そば》に寄ってきた。でもその目は彼女から逸《そ》らされ、頑《かたく》なに目を合わせようとしない。

　もしや怒っているのかとアレッタは少し不安になったが、ふと見たフリオの耳の色で、そうではないと知った。頬の赤味は引いていたものの、耳がほんのり赤いのだ。

「……フリオ、照れてるの？」

「ぐうっ……」

　指摘にフリオは呻《うめ》くも、言葉を返すことなく、さっさと歩き出す。

「宝飾品、見に行くんだろ？　さっさと行くぞ！」

「はーい」

　照れ隠しであろう少し乱暴な歩調でさっさと先に進む彼に、アレッタはクスクスと笑い、小走りで横に並んだ。

　そうして向かった先は、普段ダンスの練習をするホールだ。今回、このダンスホールで高価な貴重品の展示を行っているのである。

　このホールに展示されているのは恐ろしい値段のものばかりであるため、警備は生徒に任せておけず、プロの正騎士と衛兵が担当している。

ホールに入ってまず最初に目に入ってきたのは、ずらりと並べられたポーション群だ。

それらはベルクハイツ領からほど近いイング領のものである。その領ではポーション等の薬品系に造詣《ぞうけい》が深く、優れた腕の薬師を多く抱えていた。そして、ベルクハイツとの縁も深い。それというのも、イング領の薬品がベルクハイツ領で多く使われているためだ。過去その領から当主の伴侶を迎えたこともある。

しかし、それだけだと一見ベルクハイツ領がイング領を頼っているように見えるが、ベルクハイツだけがイングを一方的に欲しているわけではない。

イングはベルクハイツの『深魔《しんま》の森』に生えている貴重な薬草や、魔物から取れる薬になる素材を欲していた。

要は、二つの領は持ちつ持たれつの関係なのだ。

そんなイング領のポーション群が、説明と共にずらりと並べられていた。

「うわぁ、相変わらず凄《すご》い種類……」

「あー……、大体五十種類くらい……だな……」

ポーションと言っても、ゲームのように一種類でどんな症状も治せる代物《しろもの》ではない。

治癒師は怪我を綺麗に治してくれるが、毒や病となると薬を使う。当然、症状ごとに使うものが変わるのだ。

「お、ついにヒドラの毒消しが完成したのか」

「そうらしいわ。副作用は眠気だけだし、後遺症が残らないって、ウチの治癒師チームがあっちの薬師と万歳三唱したそうよ」

ベルクハイツ領の治癒師とイング領の薬師達は仲が良い。薬師達は定期的にベルクハイツ領にやってきては治癒師達と激しい討論を繰り広げ、帰っていくのである。ちなみに、これは薬師達が自主的に行っていることで、イング家とは関係ない。

この討論は今でこそ伝統になっているが、最初は優れた腕の薬師達をベルクハイツに取られるのではないかと不安に思った当主が移動を制限しようとした。しかし、上手《うま》くいかず、むしろ好きにさせていたほうがより良い薬を作り出すため、最終的に好きにさせているのである。

「歴代の伴侶がその薬師達を取り込まなかったのが不思議だよな」

「ああ、それ、聞いてみたことがあるんだけど、単純に薬師の人達が魔物の氾濫《スタンピード》が起こると騒がしすぎて、集中できないから嫌だって断られたんですって」

そして、彼らをベルクハイツ領に迎えるのを諦めた理由がもう一つあった。イング領の薬師達は優秀だが、その実マッドな薬学オタクばかりだったのである。類が友を呼んだ結果だ。

そうした連中は我が道を行く者ばかりなので、歴代のベルクハイツの伴侶は自身が手綱《たづな》を握るより、他所《よそ》で好きに暴走してくれたほうが良いと早々に見切りをつけ、暴れ馬の手綱《たづな》をひいこら言いながら握り続けるイング家の応援に回ることにした。

「確か、二年に五男坊が在籍してるんだったよな」

「ええ。あの方は薬師希望らしいわ」

学園に入学するより薬師に弟子入りしたかった、とギリギリ歯軋《はぎし》りする薬学オタクである。

とうとう身内から生まれた暴れ馬に、当主の生え際が後退したのはどうでもいい余談だった。

そんな薬学マッドの巣窟《そうくつ》たる領の渾身《こんしん》の品が並ぶ隣には、これまたベルクハイツ領と縁のある領地の貴重品が並んでいる。

コール領というベルクハイツ領から遠く離れた領地で、先代領主夫人たるポーリーンの実家だ。

この領は特に特産品などがなく、貧しくはないが豊かでもないという牧歌的な領だった。それが、先々代の領主から魔道具師を手厚く保護し、今では優秀な魔道具師を多く抱える魔道具の町として栄えている。

一見なんの売りもない領に特色を付け、上手《うま》く領地を栄えさせたように見えるが、実はこれには裏があった。とても単純な話なのだが、先々代領主が大の魔道具好きだったのである。

とにかく魔道具が好きすぎて、気に入った魔道具は誰もが認める良い品から、理解できないと首を横に振るものまで幅広く集めた。そして、時間さえ許せば魔道具師のところまで突撃し、その腕を絶賛するのだ。

突然の貴族の訪問に困惑するも、純粋に褒め称える彼に悪い思いを抱く魔道具師はいなかった。特に、世に認められていない魔道具師などは……。

そんな行動を繰り返しているうちに、意気投合した魔道具師や生活に困窮している売れない魔道具師のパトロンとなり、領主は彼らを領地に招く。そうして、いつの間にか魔道具師の町となっていたのだ。趣味が実益に繋がった、というのがコール領のからくりである。

そんな父親の背を見て育ったからなのか、その後の代の領主や後継ぎ達は皆魔道具好きになった。大好きな魔道具を生み出してくれる魔道具師を保護するため、領地経営に力を注ぐ領主一家の手腕により、領地は大変上手《うま》く回っている。これこそ、理想の領地経営だろう。

そのコール領に、ベルクハイツ領は魔物素材を売っている。他の領の素材より、断然質が良いという評価を貰っていた。

そんな情報を思い出しながら、アレッタとフリオは並べられた魔道具を見て、その後に他の領の貴重品群を眺める。

「なんだか、こうして見ると、ベルクハイツ領って結構多くの領地と取引してるのよね」

「そうだな。まあ、ベルクハイツ領の特産品と言えば魔物素材になるし、とにかく、多く手に入るから、多方面に売《う》り捌《さば》けるし、売《う》り捌《さば》かなきゃすり減った武具や薬、兵達への補償が間に合わなくなるしな」

ベルクハイツ領で狩られた魔物素材から得た収入は、主に武具と医療費方面へ充《あ》てられている。魔物の氾濫《スタンピード》の際のそれらの消費量は恐ろしく、かなりの金額になるため、手広く売《う》り捌《さば》いているのだ。

その結果、このホール内に並べられている貴重品を扱う領地のおよそ六割は、ベルクハイツ領と取引のある領だった。

それらの領の特色やら領主一家の情報を思い出しつつ、アレッタはあることに気づく。

「何か、ウチと縁が深ければ深いほど、濃い領が多いね？」

「あー……、独特だよな」

イング領やコール領に限らず、他の領もなんともいえぬ濃さというか、独特な雰囲気の領ばかりなのだ。……まあ、それでも、ベルクハイツ領が一番濃いのだが。

「これが『類が友を呼ぶ』ということだな」

「ちょっと、フリオ！」

フリオはその領地と懇意《こんい》にしている家の子息であり、婿入《むこい》りが決定しているのに、都合良く己《おのれ》をそこから外して笑う。

そんな彼にアレッタは眉を寄せて軽くわき腹をつつくも、小さく笑いながら躱《かわ》された。

そうしてじゃれ合いながら、ついにアルベロッソ領の――つまり、マデリーンの実家が展示するスペースに辿り着く。

そこにはふんだんに宝石を使った豪奢《ごうしゃ》なネックレスから、まろやかに光を弾くパールのイヤリング、シンプルなカフスボタンまで、様々なアクセサリーが並んでいた。

中でも目玉だと言わんばかりに仰々《ぎょうぎょう》しい台座に置かれているのは、クリスタルドラゴン産の美しくカットされた裸石だ。

虹色に輝くそれは、マデリーンが言っていたように、小さいものでもさぞかし存在感があるだろうと納得するだけの輝きを放っていた。

そんな裸石とアクセサリーを眺めていたアレッタは、ふとシンプルな指輪に目を留める。

そういえば、前世には婚約指輪や結婚指輪というものがあったな、と思い出した。

この世界には、結婚をする際に指輪を交換する風習はない。貴族の男女は、婚約や結婚の時、誕生日や大きなパーティーに出席する際にこれを身につけてくれとばかりに、男性がアクセサリーを贈るだけだ。

特にしてはいけないというわけではないのだが、記念日に女性が男性に贈ることはあまりない。

そう。つまり、女性から男性へものを贈るのはとても珍しい。しかし、禁止されているわけでもなく、眉を顰《ひそ》められるような行為でもないのだ。

「ペアリング……」

良いかも、と呟《つぶや》く。

フリオはアレッタの正式な婚約者になったのに、まだ部外者意識が残っていた。

それは婚約者たるアレッタの責任だ。もっと婚約者として、彼を愛する者として、大事にしなくてはならなかった。そうすれば、そんな意識を持たずに済んだはずなのだ。

愛の証《あかし》として、自分から形あるものを贈るのは良い方法に思える。

アレッタは自分の思い付きに満足し、にっこりと笑う。

どんな指輪にしようか、シンプルなもののほうが良いだろうな、などと考えながら、彼女はフリオとその場を後にした。

＊＊＊

さて、じゃあ次はどこに行こうか、とフリオと相談している時、アレッタは視界の端に映る人間が気になり始める。彼女は視線をそちらに向けた。

視線の先には、貴族の後ろをついて歩く従者服の男がいる。

短髪で清潔感があり、主人の傍《そば》にひっそりと目立たず控えるのに向いた服装の、どこにでもいるような、ごく普通の従者だ。

アレッタはその男を見て、まずい、と思う。

男の足運びはただの従者に相応《ふさわ》しく静かではあるが、音を殺せていない。背筋は真っ直ぐで、忠実に主人の後に従って歩いており、ごく普通の従者のようにしか見えなかった。

それが、問題だ。

アレッタには、その男が只者《ただもの》ではないことがすぐに分かった。何故《なぜ》なら、彼女にも男が従者以外の何者にも見えなかったからだ。

それでもおかしいと気づけたのは、男が主人役にしている貴族を知っていたせいだった。

その貴族は、アレッタの大伯父。つまり、祖母の兄であり、コール家の先代当主だったのだ。

この大伯父は当主の座を退《しりぞ》いて以降、自分の周りに置く人間を最小限に抑えており、従者はいつも一人だった。ここが学園でなければ護衛も連れているだろうが、学園内なのだから彼に付き従う者は一人でなければおかしい。

なのに、二人いたのだ。

おかしいと感じ、アレッタはよくよく注意して観察する。そして、ようやく裏の人間だと気づけた。

今までこんなに分かりづらい裏の人間を見たことがない。それ故《ゆえ》に、相当な場数を踏んだ手練《てだ》れだと推測できる。

彼女はフリオにそれとなく注意を促《うなが》す。彼も目に入った大伯父主従がおかしいことに気づき、無言で指示を求めた。

アレッタは視線を一瞬大伯父のほうへ飛ばし、その後一つ瞬《またた》く。その視線の意味を理解して、フリオもまた一つ瞬《またた》いて了承の意を返した。

「フリオ、私ちょっと席を外すね」

「ああ、分かった。それじゃ、俺はちょっと知り合いがいたから挨拶《あいさつ》してくるな」

いかにもお花摘みに行きます、という体《てい》でアレッタはすぐ傍《そば》の角を曲がり、そのまま彼《か》の人物の死角へ回り込むために音もなく走り出す。その間に、フリオは先代コール子爵のもとへ向かった。

「先代様、先代コール子爵」

「ん？　おや、確か……アレッタ嬢の婚約者になったフリオ殿……だったかな？」

「ええ、そうです。お久しぶりです」

にこやかに挨拶《あいさつ》するフリオに、先代コール子爵も破顔する。

「やあ、随分逞《ずいぶんたくま》しくなったな。確か、君と最後に会ったのは四年前だったかな？」

「はい、そうです。確かあの時は、先代様がわざわざベルクハイツ領へ直接魔物素材を買いにいらしていたのではないかと」

「おお、そうだ。魔道具師を連れていった時だな。あれは楽しかったなぁ」

からからと機嫌良さそうに笑う彼に、フリオも笑みを浮かべる。そして、不自然でない程度に従者二人を視界に収め、その時を待った。

従者が二人いるのはおかしい。それは、彼にも分かった。おそらく最後尾にいる二人目の従者が侵入者なのだ。けれど、彼にはその男が裏の人間だと分からない。

アレッタの嗅覚はどうなっているんだ、と思いつつ雑談に興じていると、彼女が視線の先に現れ、ハンドサインで合図を送ってきた。

曰《いわ》く、守れ――と。

フリオはそれを見た瞬間、先代の手を引いて後ろ手に庇《かば》い、本物の従者を力任せに己《おのれ》の後方へと投げる。それと同時に、偽物の従者が吹き飛んだ。

人のいない中庭へ吹き飛ばされた男に、周囲は何事かと目を剥《む》くが、追撃するアレッタの姿に侵入者がいたのだと察して、警備の指示に従って避難を開始する。

老齢の者から学園の一年生まで、慣れた様子でさっさとその場を退散する様《さま》は、ベルクハイツという存在が彼らの心に深く刻まれている証拠だ。

フリオに突然腕を引かれた先代コール子爵とその従者は何事かと驚いた様子だったが、アレッタが中庭で従者服を着た見知らぬ男と乱闘をしているのを見て状況をすぐさま悟った。そしてフリオに庇《かば》われたのだと察して礼を告げ、その場から速《すみ》やかに避難する。

残ったのは、中庭で戦う二人とフリオ、警備の騎士達だ。

拳《こぶし》を振り抜くアレッタは、それを上手《うま》く流す男に舌を巻いていた。

この男、防御が堅い。

アレッタは男を殺さずに捕らえたいため、本気を出せない。手加減して戦っているわけだが、あちらはそれに気づいている。その証拠に、大胆にもわざわざ放たれた攻撃を自分の急所に向かうように逸《そ》らし、アレッタは攻撃を急停止させられる羽目に陥《おちい》っていた。

「貴方、とても面倒な人ね」

ポツリとそう零してても、対峙する男は何も答えない。

ここで無駄口を叩くようなら二流だ。

これ以上の情報を流すまいと呻《うめ》き声《ごえ》すら上げないこの男は、間違いなくその筋では一流なのだろう。殺さずに、尋問を受けるのに耐えられるだけの状態で捕らえることの、なんと難しいことか。

かといって、自分以外にこの男の相手を任せるのは不安だった。

ベルクハイツとの戦いを長引かせられる実力者だ。逃げられるか、再起不能になるほどの怪我人を出す大捕り物になる予感しかしない。

無理そうなら殺すしかないな、とアレッタが覚悟を決めた、その時。

「フリオ様〜」

場違いな少女の声がその場に響いた。

＊＊＊

声のするほうを見て、アレッタはぎょっと目を剥《む》く。

そこにいたのは、リゼットだ。

クラスで見張られているはずの彼女が、何故《なぜ》こんなところにいるのか。その上、避難を指示されているのに、まさか人波に逆らってこんな場所まで来たのか。

言いたいことは色々あるが、とにかくここにいられるのは本当に都合が悪い。

アレッタが少し気を逸《そ》らしたその瞬間——男が動く。

彼はリゼットのもとへ素早く走り、瞬《また》く間《ま》にリゼットを人質にした。

「動くな」

「えっ。きゃ、きゃぁぁ！　助けて、フリオ様!!」

ご指名を受けたフリオは正直に嫌そうな顔をし、周りの騎士達も微妙な顔になる。

「なんか、余裕があるな」

「楽しんでないか、アレ」

騎士達の囁《ささや》き声《ごえ》が聞こえ、アレッタはその意見に内心で同意した。

人質として捕らえられ絶体絶命だというのに、悲愴《ひそう》な表情をしながらもリゼットの雰囲気がどこか嬉しそうなのだ。

あれは『イベント』が起きたと勘違いしてそうだ。そうアレッタはあたりを付けつつ、男の隙をうかがう。

「……静かにしろ」

「フリオ様ぁぁぁ！」

喉元に暗器を突きつけて男が再度警告しても、リゼットは元気一杯に叫んでいる。

無表情ながら、男が迷惑そうな空気を醸《かも》し出《だ》しているのは気のせいじゃないだろう。

こうなると、男がリゼットを人質にしたのは間違いだ。

こんなうるさい人質を連れて撤退など、困難だろう。かといって、ここで始末してしまうと、その瞬間にアレッタに殺されるか捕まる未来しか見えない。

あの時、アレッタの注意が逸《そ》れた瞬間、男が取るべき行動は逃走だったのだ。

こうなってしまったからには、男に残された道はただ一つ。どうにか隙を見つけて逃げるしかない。

その隙を見つけるのが大変だし、人質に選んでしまったお荷物はうるさく鬱陶《うっとう》しい。

男は詰《つ》んでいる。

両者は睨《にら》み合《あ》い、時間だけが過ぎていく。

どうにも手を出しあぐねていた、その時だった。

――ドゴォォォ!!

突如、遠くから派手な破壊音が聞こえてきた。

その場にいた全員がぎょっと目を剥《む》く。

それが隙になった。

周囲の気が逸《そ》れた瞬間、男はリゼットを放り出して逃走しようとした。――しかし、それは叶わない。

翻《ひるがえ》るスカート。迫るのは、細く、しなやかな体を持つ少女。

……その眼光は絶対強者のものだ。

それが、男が見た最後の光景だろう。

男の頬に、小さな拳《こぶし》がめり込む。衝撃が脳を揺らし、痛みを認識する前に一瞬で意識を狩り取られる。

男の体は無抵抗に吹き飛ばされ、中庭の木に激突した。木を背に崩れ落ち、男は動かなくなる。

アレッタはすぐさま男に駆け寄り、彼が生きており、気を失っていることを確認した。

「すみません、誰かこの男の拘束をお願いします」

その言葉に、こちらを見守っていた騎士達が駆け寄ってきて、男に魔力封じの手枷《てかせ》を付ける。さらに縄で縛り上げた。

「あー……、ギリギリ生きてる感じだな。少し回復させとくか」

フリオも寄ってきて男の様子を確認し、軽く治癒魔法をかける。これで死ぬことはないはずだ。

さて、男のほうは片付いた。後は、問題児のことだ。

問題児たるリゼットは、一連の出来事に目を白黒させている。脳内での状況の把握に時間がかかっているらしく、彼女はポカンと口を開けて呆けていた。

そして警備の騎士に保護され、どうにか状況を把握した瞬間、叫ぶ。

「なんてことしてくれたのよ！」

周りがぎょっとして目を剥《む》く中、リゼットは喚《わめ》く。

「せっかくイベントが起きたのに、なんでアンタがしゃしゃり出てくるのよ！　フリオに助けてもらわなきゃ意味がないのに！」

そう言って、アレッタにずんずんと詰《つ》め寄《よ》った。可憐な顔は今や鬼婆の如《ごと》く醜《みにく》く歪《ゆが》み、周りの男達は引いている。

おそらく、彼女はまだ混乱しているのだろう。いつもの演技は頭から吹き飛んでおり、ただただ不満をぶちまけ続ける。

アレッタのあの戦闘力を見ても、詰《つ》め寄《よ》り文句を言える、その根性はあっぱれだ。しかし、助けてもらった相手に対する言葉ではない。

周りが眉を顰《ひそ》める中、彼女は絶対に言ってはならないことを口にしてしまう。

「このイベントを起こすために、どれだけお金がかかったと思ってるの!?」

リゼットのその台詞《せりふ》に、周囲の者達は驚き、視線を鋭くした。

今、彼女はなんと言ったのか。

アレッタもまたその言葉が何を意味するのか推測し、口を開く。

「それは、貴女《あなた》が大金を使ってこの『イベント』を起こしたということですか？」

「そうよ！　邪魔ばっかり入って、ちっともイベントが起こらないから――」

そこまで言って、リゼットはしまったと言わんばかりの顔で口をつぐんだ。

アレッタの誘導に、まんまと引っかかったのだ。

「では、最近の侵入者は貴女《あなた》の手引きによるものなのですね？」

「ち、違うわよ！」

焦り、強く否定するものの、周囲の視線から鋭さが和らぐことはない。

学生ではなく、正騎士の一人が進み出て、言う。

「詳しいお話をお聞きしたい。ここでは少々難がありますので、場所を移させていただく」

「ちょっと、違うって言ってるでしょ！」

喚《わめ》くリゼットを無視して、彼は部下に指示を出し彼女の両脇を固めた。

リゼットは抵抗してその場から離れまいとするが、屈強な体を持つ騎士の力に敵うはずもなく、背を押されて強引に連れていかれる。

「フ、フリオ様！」

助けを求めるようにフリオの名を呼ぶが、当然彼はそれに応えない。

こちらを見ようともせず、ただアレッタに寄り添うフリオに、リゼットは悔しげにアレッタを睨《にら》みつける。

「モブのくせに……！」

そんな言葉を残し、リゼットはその場から連れ出された。

＊＊＊

相手が他国の令嬢であったため、連行といった表現よりも温《ぬる》い態度ではあったものの、リゼットは連れ出された。もっとも、騎士達の彼女を見る目は厳しい。

リゼットの姿が見えなくなり、アレッタはようやく緊張を解く。

「大丈夫か、アレッタ」

「ええと、まあ、大丈夫。けど、ちょっと疲れたかも……」

苦笑いする彼女に、フリオも同じように苦く笑った。

アレッタは、自分がノックアウトした男が連行されていく姿を眺めながら呟《つぶや》く。

「リゼットさんは大金を使った、って言ってたけど、どれだけ使ったんだろうね？　あのクラスの人間を雇うのはかなりかかると思うんだけど」

「そうだな……。いや、もしかするとリゼット嬢はあいつを雇ってないかもしれない」

「え？　どういうこと？」

フリオの言葉に驚き、アレッタは聞き返した。

「たとえ金のある貴族の娘でも、自分で自由にできる金なんてたかが知れてる。雇えるとしたら、せいぜいアレッタが今まで捕まえてきた小物くらいだ」

では、あの男はなんなのだろうか？

そうなると、リゼットとは別口で頼んだ人間がいる。

「あれは、リゼット嬢が頼んだ裏社会の組織に雇われたのかもしれない」

「えっ⁉」

思わぬことを言われ、アレッタは驚いた。

「おそらく、リゼット嬢の言っていた『イベント』とやらを引き起こすために下見に来ていた連中が、アレッタにことごとく捕まったのが原因だろう」

「ええ～……？」

困惑の声を上げる彼女に、フリオが軽く肩を竦《すく》めて説明する。

曰《いわ》く、下見から帰ってこない構成員を訝《いぶか》しく思い、組織の大元が調べてみた。すると、構成員を捕まえたのはベルクハイツの人間だと分かる。

他国の組織はベルクハイツの人間がどの程度の強さを持つのか把握しきれていなかった。何せ、ベルクハイツの実績は常識の範囲から外れすぎており、実際に目にしてみなければ信じることが難しい。

きっと組織の人間は信じ切れず、リゼットの『イベント』要員の他に手練《てだ》れを用意して学園を探らせようとしたのではないか。

それが、フリオの推測だった。

「多分、リゼット嬢が依頼したのはフォルジュ家が利用している組織だろうな。ただの令嬢が裏社会の人間と会うなんて無理だろうし、おそらく『なんでも屋』程度のふわっとした表現で紹介されていそうだ」

「う、うーん？　そんなものなの？」

「まあ、ベルクハイツにはちょっと縁がないかもな」

そんな連中が「ウへへ、お貴族様なら私達のような者の手が必要でしょう？」と売り込んでくれば、「ヒュー！　この地で使ってくれだなんて、なかなか良い根性だ！　共に体を鍛《きた》えて一狩り行こうぜ！」と好意的に解釈し筋肉の宴《うたげ》に引きずり込むか、「あら、使えそうな手駒《エモノ》」と悪魔が捕獲し調教するかの二択だ。なお、これは『本当にあった怖い話』である。

そうやって組織をまるっと呑み干して吸収するため、あそこには売り込むな、というのがウィンウッド王国の裏社会の常識である。ちなみに、吸収後の人員達は見事な劇画戦士、もしくは悪魔の下僕《げぼく》へと進化している。

どちらも本人達は幸せそうにしているのが、元の彼らを知る人間をより一層戦慄《せんりつ》させていて、裏社会の人間は回れ右をし、ベルクハイツからダッシュで距離を取る。

ある意味正しい判断だ。

「まあ何にせよ、リゼット嬢は今回のことを上手《うま》く誤魔化《ごまか》したとしても、暫《しばら》くは確実に謹慎処分だろうな」

フリオはそう言いつつも、内心では強制送還になるだろうと確信していた。裏社会の者を雇い、高位貴族の子息や子女が通う、しかも他国の学園に侵入させたのだ。国際的な大問題である。オルタンスどころか、カルメ公国が激怒するに違いない。場合によっては、生きて祖国の地を踏むことは叶わないかもしれない。

「これでようやくあの問題児から解放されるぜ」

「そっか。良かった〜」

安堵《あんど》の笑みを浮かべるアレッタに、フリオも笑みを返す。その表情からは、一人の少女の生死について考えていたなど欠片《かけら》も悟らせない。

そうして二人が胸を撫《な》で下《お》ろしている、その時だった。

——ミシッ……。

不吉な音が聞こえる。

嫌な予感と共に音の発生源に目を向けてみると、そこにあったのは一本の木だ。

その木は背が高く、それなりに幹も太いが、アレッタが侵入者の男を殴り飛ばした際にぶつかったせいで大きな裂け目が入っていた。

その木から、ミシッ、ピシッ、と音がしているのである。

二人はすぐさま事態を悟り、青褪《あおざ》めた。

「ウソウソウソ⁉」

「総員、退避ー！　木が倒れるぞ‼」

狼狽《ろうばい》するアレッタの手を引き、フリオが叫ぶ。

驚く周囲の者達も異音を立てる木に青褪《あおざ》め、その場から慌てて離れる。

木から放たれる音はだんだんと大きくなり、とうとうその姿が傾き出した。そして、周囲の者達が見守る中、大きな葉音を鳴らして倒れる。

倒れる先は、一階の渡り廊下。

——ゴシャァァ……

渡り廊下の屋根と柱は見事に木に押し潰され、崩れ落ちた。

「あああああ……」

顔面蒼白《そうはく》で悲鳴じみた呻《うめ》き声《ごえ》を上げるのは、木が倒れる原因の一つとなった下手人《アレッタ》だ。

彼女の脳裏には、極上の微笑《ほほえ》みを浮かべる母親の姿がある。

「お、怒られる……」

問題児は去っても、悪魔の襲来が決定した瞬間であった。

第十一章

その後、アレッタとフリオは他にも侵入者がいないか学園中を練《ね》り歩《ある》いたが、それらに遭遇することはなかった。

あんな事件があったにもかかわらず、文化祭が中止になることもない。騎士や教師陣は慣れた様子で指示を出し、来賓の面々はどっしりと落ち着いて行動している。

生徒達は動揺していたが、そうした先達《せんだつ》の様子を見て、あれこそ貴族の姿とそれに倣《なら》った。つまり、内心はともかく、上辺だけでも取《と》り繕《つくろ》うことに成功したのだ。

そんな尊敬の眼差《まなざ》しを注がれる面々の間では、「我々の代ではこんなことが」「おや、私の代では――」と、何故《なぜ》かベルクハイツが引き起こした騒動の話で盛り上がっている。年を重ねるごとにベルクハイツを知り、慣れていく証左《しょうさ》だろう。

そうして、文化祭は一部建物の崩壊を代償に人的被害ゼロでどうにか終わりを迎えた。

問題は山積みではあるものの、関係者は安堵《あんど》の息をつく。もっとも、件《くだん》のベルクハイツ家次期当主はガクブルと震えていた。

「お母様が来る。怒られる。絶対、怒られるぅぅ……」

悪魔の襲来に怯《おび》えているのである。

母オリアナの怒り方は恐ろしい。極上の微笑を浮かべながら、絶対零度の眼差《まなざ》しで淡々と説教をしてくるのだ。

何がいけなかったのか。それをしたことでどういう影響が出たか。これから負う可能性がある被害はどういったものか。ダイヤモンドダストの幻覚が見えそうな冷え冷えとした空気の中、ぐうの音《ね》も出ない正論で叩きのめされるのだ。

基本的に脳筋なベルクハイツの人間は拳《こぶし》で語られるより、そうやって叱《しか》られるほうが堪える。

しかも今回は、アレッタだけが叱《しか》られる対象ではない。

彼女の隣でグレゴリーが「弁償代は幾《いく》らくらいになるだろうか……」と青褪《あおざ》め、肩を落としていた。

アレッタが侵入者の男と対峙している最中に聞こえてきた轟音《ごうおん》は、彼が原因だったのだ。

彼もまた、マデリーンとのデートの最中に手練《てだ》れの侵入者を見つけてしまい、放置できず対峙した。その結果、四阿《あずまや》をぶっ壊したそうだ。

兄妹共にやらかしてしまい、母の怒りがどれほどになるか……

領地へ帰り、一足先に母の怒りを浴びる兄の冥福を、アレッタは祈る。きっと死因は凍死だ。

そんな彼女の様子を見て、フリオが苦笑する。

「今回はそんなに怯《おび》える必要はないと思うぞ。リゼット嬢を完全に排除する理由ができたし、壊したものの弁償代は全てフォルジュ家に請求できるだろうしな」

「そうかもしれないけど……」

あの騒動の後、リゼットは表向き謹慎処分となった。この表向きというのは、未だに侵入者やリゼットの口から確証を持てる言葉が得られていないせいである。実際には、既《すで》に城で拘束されているのだ。

他国の貴族の子息子女が大勢通う学園に、裏の者を侵入させるという暴挙、事《こと》は一気に国際問題となっている。

事《こと》の次第を聞いたオルタンスは、今までの心労が一気に襲い掛かったのか、倒れた。しかし、一日で復活する。猛然と動き出し、あちこちと連絡を取って手を打ち始めた。

そんな忙しくしている彼女から、アレッタとフリオはお茶会に招待される。

開催場所は、王城。

何故《なぜ》王城なのかと首を傾《かし》げるも、特に問題があるわけではないのでアレッタは素直に従った。

しかし、王城で通された部屋にいた人物を見て、すぐさま回れ右して逃げ出したくなる。

「あら、アレッタ。久しぶりねぇ」

「ぴえっ」

豊かな黒髪に、紫の瞳。赤い唇は愉快気に弧を描いているが、纏《まと》う空気は冷ややかだ。

自身の持つ絶世の美貌《びぼう》から『傾国』と謳《うた》われ、その頭脳から陰で『悪魔』と囁《ささや》かれるその人は、アレッタの母であるオリアナ・ベルクハイツ子爵夫人。

「な、何故《なぜ》お母様が王城に⁉」

動揺するアレッタに、オリアナはしれっと告げる。

「貴女《あなた》に会いに行こうと思ったら、ちょうど王城に呼ばれるっていうじゃない？　時期的に今回学園で起こったことの事情説明だと思ったの。それなら私も聞いておきたいと思って、便乗させてもらったのよ」

母はそう言うが、これは確実に狙って王城に来ている。むしろアレッタと会うほうがついでだろう。

オリアナはとっとと席に座れと扇《おうぎ》で示し、アレッタ達はそれに素直に従った。

人心地ついたところで、オリアナが口を開く。

「フリオも久しぶりね」

「はい、お久しぶりです」

そう言いはしたが、フリオとオリアナは手紙で色々とやり取りしているので、あまり久しぶりという感じはない。

「こちらの状況は把握しているわね？」

「はい。流石《さすが》はベルクハイツ子爵の奥方だと思いました」

オリアナのその言葉は、彼女が今回の騒動でどう動いているか、フリオが把握しているかの確認だ。

フリオは彼女が最も喜ぶ誉め言葉でそれを肯定した。

「欲しいものが手に入ったとか」

「ええ。ずっと前から我が領に欲しいと思っていたのよ」

オリアナは満足げに頷《うなず》き、フリオは彼女のその姿を見て、少し強張《こわば》っていた肩の力を抜いた。

「後はあの小娘を片付けるだけね」

「それは良かった。きっとオルタンス様が良いようにしてくださる、かと」

ふふふ、とよく似た黒い微笑《ほほえ》みを浮かべる二人に、アレッタは思わず腰が引けそうになる。愛しい婚約者の属性が母と同じものになりつつあるのをひしひしと感じた。

暫《しばら》く雑談をしていると、扉がノックされる。

入室の許可を出すと、使用人の男がオルタンスの到着を告げた。

その後で、予想外の人物の名を出す。

「今回のお茶会に王太子殿下も同席したいとのことです」

その言葉に驚いたのはアレッタとフリオだけで、オリアナは予想していたかのように平然としている。

「あら、殿下とお茶をご一緒できるだなんて光栄だわ」

オルタンス様と仲がよろしいのね、素晴らしいわ、と微笑《ほほえ》むオリアナの腹は読めない。

そんなオリアナがいるからこそ、王太子が同席することになったのだとアレッタは察した。

警戒されているな、とアレッタとフリオは揃って遠い目になる。

三人は改めて別の応接室に案内された。

案内された部屋には、既《すで》に王太子とオルタンスが待っている。

「この度は私のお茶会に来ていただいてありがとうございます」

まず、この小さなお茶会の主催者たるオルタンスがそう切り出した。

「いいえ。お招きいただきありがとうございます」

それに答えたのはフリオだ。彼の後に続き、アレッタも軽くカーテシーをして礼を言う。

そして、最後にオリアナが礼を告げた。

「今回お茶会に参加させていただき、ありがとうございます。直前になって参加を申し込むなど礼を欠いた行為でしたのに、オルタンス様の広いお心に感謝いたします」

そう言って柔らかに微笑《ほほえ》む。

オルタンスはお気になさらないで、歓迎しますわ、とこちらも柔らかな微笑《ほほえ》みを返すが、彼女の隣に立つ王太子の表情は少し硬い。

その後、席を勧められ、アレッタはしずしずとそれに座った。

良い香りのする紅茶がサーブされ、彼女はチラと周りを見回しながらそれを飲む。

アレッタの両隣には母と婚約者が。正面には左からオルタンスと王太子レオンが座っている。

目の前の円卓のケーキスタンドには、フルーツをふんだんに使ったケーキや可愛らしいマカロン、サンドイッチなどが載っており、これがただのお茶会だったら遠慮なく食べられたのにな、と残念に思う。

そうして全員が席に座り、一息ついてからオルタンスが話し始めた。

「今回お話ししたかったのは、リゼットのことなんです」

予想通り、リゼットの今後についての報告だ。

「この度はリゼット・フォルジュがご迷惑をおかけして申し訳ありませんでした。後日フォルジュ家から正式に謝罪があると思います」

そこまでは、アレッタも予想通りだったので落ち着いて聞く。しかし、続く言葉に驚くこととなる。

「今回の学園への侵入者の件も、皆様には本当にご迷惑をおかけして……。まさか、リゼットが私に危害を加えようとあんな恐ろしいことをするとは思っていなくて……」

目を伏せ怯《おび》えるようにそう言うオルタンスの肩を、レオンがそっと抱いた。

そんな二人を見て、フリオとオリアナはさも驚きましたとばかりに大きく表情を動かす。そして、アレッタはキョトンと呆けた。

フリオとオリアナの表情は作ったものだが、アレッタは素の表情である。

二人は何かを察したらしいが、アレッタはまだ何も気づけていない。そんな彼女を置き去りにして話は進む。

「リゼット嬢がオルタンス様を狙ってあんなことを？　動機はなんだったのですか？」

「それが、度々彼女の行儀の悪さを注意するオルタンスを煩《わずら》わしく思ったことと、私の婚約者の座が欲しかったようなのだ」

「まあ、なんてこと。恐ろしいですわ……」

フリオの質問にはレオンが答え、オリアナは眉を顰《ひそ》めて嫌悪の表情を作った。

「実は正式な発表はまだなのだが、オルタンスは私の婚約者に内定した。それをどこから知ったのかはまだ分からぬが、面白くなかったのだろうな。あのような凶行に及ぶとは思わなかったが、正式に国から抗議を行う」

「ルモワール家からも国に訴えますわ。祖国の陛下はきっと正しき判断をしてくださると思いますの」

そこまで聞いて、アレッタにもようやく事《こと》の次第が読めてきた。

つまり、そういうことにすると言っているのだ。

リゼットが他国の伯爵令息の気を引きたくて裏社会の人間を学園内に入れたという馬鹿馬鹿しい理由より、よっぽどそちらのほうがらしい。そして、そちらのほうが罪が重くなる。

彼らはリゼットだけでなく、フォルジュ家に全ての責任を負わせ潰すつもりなのだ。

アレッタはチラ、と隣に座る母《オリアナ》を見る。

母は深刻そうな顔をしているが、あれは絶対に腹の中で「それで、我が家には何をしてくれるのかしらぁ？」と嗤《わら》っている。怖い。

「ブランドンとベルクハイツにはフォルジュ子爵令嬢が随分《ずいぶん》と迷惑をかけたと聞く。そして、今回の功績もある。何か望みはあるか？」

これは言葉の通りに迷惑料と褒賞だろう。そして、『これ』と決めずに何がいいかを聞いたのは、口止め料が入っているせいだ。

これで欲張るとそういう家なのだと王家に認識され、かといって遠慮するとその程度で済むと思われる。匙《さじ》加減も試されているのだ。

ここで何故《なぜ》オリアナがお茶会に乗り込んできたのか分かった。この交渉の場に同席するためだったのだ。

この交渉の場にはフリオはブランドン家の者として立たねばならず、ベルクハイツ家の交渉にあまり口出しできない。何故《なぜ》ならまだ婚約者であって正式なベルクハイツ家の者ではなく、何より次期当主を差し置いて口を出すのは憚《はばか》られるからだ。

もっとも、まだ学生であるアレッタがこの場で何を欲するか言っても、正式に決まるわけではない。後日、改めて交渉の場は持たれるだろう。だが、アレッタの言葉が基準とされるのは間違いない。

あの文化祭の騒動からさほど時間は経っておらず、オリアナがアレッタにその件について言い含める時間はなかった。故《ゆえ》にオリアナ自ら乗り込んできたのだ。

水面下で行われている攻防に、ひやりと背筋が冷える。

レオンとしては、次期当主がどれほどのものかを確認したかったのかもしれないが、そこに現当主夫人が乗り込んできた。

レオンが最初硬い顔をしていたのは、これが原因だったのかもしれない。

おそらく、今回の褒賞の件を画策したのは彼だろう。次期ベルクハイツ当主に何かしらの枷《かせ》を嵌《は》めたかったのだ。

しかし、その目論見《もくろみ》は外されてしまった。

顔にこそ出さないが、彼の頭はベルクハイツの悪魔がその企《たくら》みをいつどうやって知ったのかでいっぱいに違いない。

その悪魔がにっこりと笑って言う。

「まあ。どうぞ王家の良いようになさってくださいませ。アレッタもベルクハイツの武人ですもの。脅威を取り除くのは当然の行いですわ。そうよね？　アレッタ」

「はい。母の言う通りです」

アレッタもその言葉に素直に頷《うなず》く。

「私はリゼット嬢に付《つ》き纏《まと》われただけですし、文化祭の時のことはさして役に立たず、何より警備の仕事をしていただけですから。どうぞ私も王家の良いようにしていただければ」

フリオもまた、それに続いた。

実際、ブランドン家としてはフリオが鬱陶《うっとう》しい思いをしただけだ。侵入者と対峙したわけでもなく、アレッタが伸《の》した侵入者を捕縛しただけ。その捕縛も警備の仕事であり、王家からわざわざ褒美を貰うようなことではない。

迷惑料と口止め料を王家の言い値で貰い、恭順《きょうじゅん》の意を見せたほうがブランドン家としてはお得なのだ。

しかし、ベルクハイツ家はそうではない。

前回喧嘩《けんか》を売られ、今回もちょっとした枷《かせ》を嵌《は》められそうになった。この次期国王に、ベルクハイツがどういう存在であり、慎重な扱いが必要であることを思い知らせなくてはならない。

とても国主に向ける感情ではないが、それがベルクハイツである。

逆に言えば、それを理解し上手に付き合うのが、ベルクハイツを国の防衛の要《かなめ》の一つとした国の仕事だった。傲慢《ごうまん》と取られようが、それがベルクハイツの気質なのである。

だから、本来であればここで王家の良いようにしてくれなどとは言わない。今回あえてそれを言ったのには訳があった。

付き合い方を間違えたレオンに一撃をくらわせるべく、オリアナは口を開く。

「それはともかく、殿下のお耳に入れておきたいことがございましたわ」

「ん？　なんだ？」

恭順《きょうじゅん》の言葉を吐いておきながら、その口から何が飛び出るのかとレオンは警戒する。

「実は我がベルクハイツ領で『ホワイトジゼン草』の栽培を始めましたの」

「な、なにっ⁉」

「それは、本当なんですの？」

驚くレオンとオルタンスにオリアナが頷《うなず》く。

「はい、本当です。専門家の話では、五年後にはある程度の数を安定して出荷できるとのことですわ」

その言葉に、二人は唖然《あぜん》とした表情を見せた。

レオンとオルタンスがそんな反応をするのも無理はない。

この『ホワイトジゼン草』は、魔力を多く含んだ大変貴重な薬草だ。そして、魔力を回復させるマジックハイポーションに欠かせないものだった。

そもそも、『ホワイトジゼン草』は『ジゼン草』という薬草が突然変異したものだといわれている。

『ジゼン草』は緑色の葉なのだが、『ホワイトジゼン草』はその名の通り葉から茎まで白い。それを偶然見つけた者が根ごと持ち帰り、栽培を試みたものの、上手《うま》くいかなかった。数日後には緑色のただの『ジゼン草』になってしまったのだ。

しかし、そうやって何人もの学者が研究し挫折《ざせつ》した『ホワイトジゼン草』を、それなりの数を出荷している領地があった。

それが、カルメ公国のフォルジュ子爵領である。

フォルジュ子爵領では、『ホワイトジゼン草』の栽培に成功していた。そして、莫大な富を手にしてきたのだ。

もちろん、その栽培方法は秘中の秘である。多くの者が探りを入れていたが、情報を得た者はいない。

それなのに、オリアナは確かに言ったのだ。『ホワイトジゼン草』の栽培を始めた、と。

つまり、ベルクハイツ家は『ホワイトジゼン草』の栽培方法を知った。

「ああ、そういえば今回問題を起こした令嬢のご実家も『ホワイトジゼン草』の栽培を行っていましたわね。今回の騒ぎで取引のあった方達がお困りでしょうね」

チラ、とオルタンスを見て、オリアナは言う。

「もしお困りの方がいらっしゃいましたら、どうぞベルクハイツをご紹介ください。できる限り対応させていただきますわ」

これはウィンウッド王国にしてみれば朗報である。しかし、同時にベルクハイツ家の価値がさらに上がったとも言えた。

逆に、ルモワール家にしてみれば痛い知らせだ。何せ、フォルジュ子爵からその『ホワイトジゼン草』の栽培方法を取り上げるつもりだったのだから。

レオンとオルタンスは戦慄《せんりつ》する。これはベルクハイツ家からフォルジュ家への報復措置だと。

『ホワイトジゼン草』の市場を独占し多くの財を成すフォルジュ家の息の根を止めにかかっている。

この件で、先程の褒美の持っていた意味合いが変わった。

次期ベルクハイツ家当主の器《うつわ》を量り枷《かせ》を嵌《は》めるつもりの計画が、『ホワイトジゼン草』を得たベルクハイツに国はどのような評価を贈るか量るものになる。

明らかに、オリアナが王家に対してマウントを取っていた。

彼女はレオンに視線を移し、言う。

「誠実なお取引には誠意をもって返しますので、よろしくお願いいたします」

それは、含みを多分に持たせた言葉だった。

＊＊＊

王城でのお茶会を辞して、アレッタ達は王都にあるベルクハイツ家所有の別宅へ移動した。これまでのことや、これからの予定を話し合うためだ。

使用人に用意させたお茶を飲み、一息ついたところで話が始まる。

「お母様、今日は驚きました。まさか王城にいるだなんて思ってなくて」

「まあ、そうでしょうね。面倒なことが起きそうだったから、急いで来たのよ。間に合って良かったわ」

「俺も立場上フォローしにくい場面でしたので、助かりました。アレッタの当主教育は卒業してからが本番ですからね。今の時点だと、王太子殿下の都合の良いように事《こと》を運ばれていたかもしれません」

内容はもちろん、王城でのお茶会のことである。

アレッタは今まで戦闘訓練を優先していたため、腹の読み合いは不得手だ。そもそもそういったことは伴侶の仕事であり、基本的に領地を離れられない当主には最低限備わっていれば良い能力だと考えられている。

「レオン殿下はどうにも肝が小さくていらっしゃるわ。手綱《たづな》を握っていなくては不安だなんてね」

　鼻で嗤《わら》うオリアナに、二人は苦笑する。

「陛下を見てごらんなさい。若い頃はチャレンジ精神が旺盛《おうせい》でいらしたけど、今では我が領がどれだけ暴れようと溜息《ためいき》一つで全て呑み込んでおられるわ。先代国王陛下なんて、晩年には元気でよろしいと微笑《ほほえ》んでいらしたそうよ」

　それは諦めているのでは？　という言葉をアレッタは口にする寸前で呑み込んだ。特に先代国王陛下のその笑みなんて、達観したものだったに違いない。

　というか、チャレンジ精神ってなんだ。ベルクハイツ領――ベルクハイツの悪魔に、挑んだことがあるように聞こえるんだが。

　アレッタがそんなことを考えている横で、フリオは王家は代替わりするたびにベルクハイツの悪魔に挑んでいそうだな、と遠い目をした。

　すっとこどっこい《ルイス》をアレッタの婚約者に推したレオン殿下の暗躍を、陛下が生気のない目で見守っている姿が脳裏を過《よぎ》る。

どうしてだろう。想像上の陛下の顔が、己《おのれ》の黒歴史を見つめる顔なのだが。

なんだこれ。王族が必ず通る道的なアレだったらどうしよう、と次期悪魔は頭痛を堪えるように眉間《みけん》の皺《しわ》を揉《も》む。

「手綱《たづな》程度で我がベルクハイツ領がどうにかできるはずがないでしょう。それを分かっていただかないと困るわ」

オリアナは、言外に自分達が暴れ馬であることを認め、振り落としてやると言っている。

まあ、舐《な》められるのは嫌なのでアレッタはそれを否定せず、次の話題に移った。

「それで、『ホワイトジゼン草』のことなんですけど……」

「ああ、それね。前から欲しいと思っていたのよ」

ベルクハイツ領の『深魔《しんま》の森』や他の森などには、色々な薬草が生えている。その中には『ジゼン草』もあった。

このベルクハイツ産の『ジゼン草』は他の領地の『ジゼン草』より魔力を多く含んでおり、それなりに需要がある。しかし、やはり『ホワイトジゼン草』はそれ以上に魔力を含み、その価値は言うまでもないだろう。

「前からフォルジュ領の『ホワイトジゼン草』には目を付けてたのよ。けれどガードが固くてね。それが栽培されていると思われる地域に他領の人間が一定期間以上留まっているると、警戒されるの。そうするとどうしても動きにくくなるし、その地にいるのが難しくなるのよね。フォルジュ領に留まる正当な理由を作ってもらえて助かったわ」

リゼットにかけられている迷惑に対する苦情を正式な使者を立てて抗議した時のことだ。それを隠《かく》れ蓑《みの》にして使者一行の中に調査員を交ぜた。

「元々『ジゼン草』は魔力を溜めやすい薬草だといわれていたのよ。だから、魔力溢れる『深魔《しんま》の森』が存在するベルクハイツ領で採れる『ジゼン草』は、他の領地のものより多く魔力を含んでいるの」

その言葉を聞いたフリオが、「あ」と小さく声を上げてオリアナを見る。

「もしかして、フォルジュ領にあるダンジョンが関係していますか？」

オリアナがそうだと頷《うなず》く。

「ダンジョンは例外なく魔力が集まる場所よ。そして、そのダンジョンがある地域の一部は、危険だからという理由で立ち入り禁止になっていた。だから、そこを探ったのよ」

実際、ダンジョン付近の森などは魔物が出て危険なのは事実だ。しかし、ベルクハイツ領で鍛《きた》えられた調査員であれば、そこを探るのになんの問題もない。

「それで、見つけたのよ。地下施設を」

「え⁉」

「地下？」

目を丸くする二人に、オリアナが同意を示す。

「普通の薬草なら地上で太陽の光を浴びさせなければ育たないものだけど、『ジゼン草』はそうじゃないみたいなの。試しに我が領で実験してみたら、地下に植えたただの『ジゼン草』が一週間程度で『ホワイトジゼン草』になったわ」

研究者によると、どうも『ジゼン草』は根から地中の魔力を取り込み、光合成によって酸素と共に体内に溜め込んだ魔力を外に逃がすらしい。

しかし、地下などの日が当たらない場所では、魔力を逃がすことなく体内に溜め込み続けるのだ。

「その実験結果をもって、今、地下の栽培場を作ってる最中よ。ふふふ、楽しみよねぇ」

『深魔《しんま》の森』を擁《よう》するベルクハイツ領の土地には、魔力が多分に含まれている。それこそ、野菜が稀《まれ》に魔物化してしまうほどだ。走る人参を追いかける農夫は収穫期の風物詩である。

ちなみに、魔物化した野菜は問題なく食べられる。むしろ大変に美味なため、高値で取引されるくらいだ。故《ゆえ》に、農夫は逃げる野菜を全力で追いかけるのだ。

そんなふうに機嫌の良いオリアナに、アレッタは渡り廊下破壊について怒られずに済むかと安堵《あんど》する。しかし、当然そうは問屋が卸《おろ》さなかった。

「あ。そうだわ、アレッタ。渡り廊下の件なんだけど、フォルジュ家持ちになったわ」

「そ、そうなんですか？」

怒られずに終わることを期待した途端その話を持ち出され、顔には出さないものの、アレッタは小さく震える。

「けれど、そもそも何も壊さなければ良い話よね？」

「はい……」

修理代がフォルジュ家持ちだろうが、それを出させるために手間がかかっていた。つまり、ただでさえ忙しい領主夫人《オリアナ》の仕事が増えたのである。

絶世の美貌《びぼう》が輝き、威圧感が増す。

「向こう三か月間、お小遣い抜きね」

「はい……」

アレッタは神妙な顔をして頷《うなず》いたのだった。

第十二章

母に長々と説教される代わりにお小遣いをカットされたアレッタは、少し困っていた。

「これは……ギリギリ……？」

寮の自室で所持金の残高を確かめる。

何故《なぜ》そんなことをしているかというと、ペアリングを買うためである。

うんうん唸《うな》りつつも、その顔は明るい。

あの文化祭から既《すで》に半月以上の時が流れていた。

リゼットは王城預かりになり、学園は落ち着きを取り戻している。

国が『そういうこと』にしたリゼットの噂は小さな波紋を起こしたが、関わり合いになりたくない生徒達は苦い顔で口をつぐんでいた。

件《くだん》のリゼットは、近日中にカルメ公国へ護送の予定である。

国家間の話し合いは続いているが、両国に国同士の仲を悪くするつもりはない。どう都合良く事《こと》を収めるかに焦点が当てられていた。

なお、全ての責任がフォルジュ家に被せられるのは決定事項である。

そうやって愚かな自分の行動によって実家ごと転覆したリゼットに未だ反省の色はなく、自分が被害者なのだと涙ながらに訴えているらしい。

当然それを信じる者はおらず、侮蔑《ぶべつ》の視線を貰って終わりだ。

そんなある意味おめでたい脳を持っているリゼットと顔を合わせずに済むようになり、最近のフリオは機嫌がとても良い。余程ストレスになっていたようである。

そんな彼の機嫌に追撃をかけるべく、アレッタは指輪を買いに行くことにしたのだ。

「剣を持つ時に邪魔になったらいけないから、チェーンも買っておきたいし……」

受け取りを拒否されないか、仕舞い込まれるのではないかという不安はない。

それは今までフリオがとってきた態度が積み重なった結果である。アレッタには愛されている自信があった。

「結婚する時はどうしようかな……。付与魔法がついてるアクセサリーとかあげたいな」

アクセサリーを差し出しながら愛を囁《ささや》く男前な行動が、フリオの恋心に喜びを与えつつも男の矜持《きょうじ》に打撃を与えることをアレッタは知らない。

＊＊＊

そして来たる休養日。

アレッタはお小遣いを握りしめて町へ繰り出していた。

目指すはアクセサリーショップ。

学生の身分であり、記念日的な贈り物ではないので、身の丈に合った指輪を購入予定である。

鼻歌でも歌い出したいほどご機嫌で出ていくアレッタを目撃したローレンスが、「ご機嫌なベルクハイツだと……？　町で何か起きるに違いない……！」と経験に基づく勘を働かせた。

そのローレンスの勘は見事に当たることになる。

町に出たアレッタは、周辺が少し物々しい雰囲気であることに気づいた。大通りにチラホラと兵士が見え、何かの打ち合わせをしている。

何事かと首を傾《かし》げ、その兵士をチラチラ見ながら噂話をするご婦人方に聞いてみた。

「あの、すみません。なんだか兵士の姿が普段より多く見えるんですが、何かあったんですか？」

三人の妙齢のご婦人達は、まさに今噂していた内容のことを聞かれ、口々に話し出す。

「ああ、あれね」

「なんでも他国の……なんだったかしら？」

「カルメ公国よ。その国の罪人を護送するらしくて、その警備のためらしいわ」

「高貴な出の罪人って聞いたわ」

「怖いわよね。貴族なら平民より強い魔法が使えるはずだし」

「一体、何をしたのかしらね？　五年くらい前にあった盗賊団の護送と同じくらいの物々しさだわ」

それを聞き、アレッタはリゼットの護送だと気づく。

ご婦人方に礼を言い、その場を離れる。

リゼットは非力な少女だが、学園で魔法を習っている貴族だ。その知識量は平民を軽く上回る。

この国に留学してからの成績はあまり芳《かんば》しくなさそうだが、母国での評判は悪くなかったと聞いていた。ならば、それなりに魔法を修めているはずである。リゼットを最後に見たあの時はなんの抵抗もしなかったが、進退窮《きわ》まれば何かやらかす危険がある。

元々、貴族の罪人の護送には厳重な警備がつく。ましてや今回の『そういうこと』にした内容ならば、この警戒態勢は当然の措置だろう。

嫌な予感がするな、とアレッタが思っていると、兵士が慌ただしく交通規制を敷き始めた。

遠くから馬の蹄《ひづめ》の音、擦《こす》れる鎧《よろい》の金属音、馬車の車輪の音が聞こえてくる。

道の端に寄ったアレッタの目の前を、馬に乗った兵士が六人、騎士が四人、そして貴族の罪人用の馬車が通り過ぎた。

後続の飾りけのない堅牢な造りの二つの馬車には騎士と兵士が乗っており、さらに後ろからやってくる荷車は三つもある。

最後尾を走るのは、やはり馬に乗った騎士と兵士だ。

それらを見送り、暫《しばら》くして規制が解かれる。

何事もなければいいなと思いつつ、アレッタがアクセサリーショップへ向かおうと足を踏み出した——その時だ。

——ドォオオオン！

護送車のほうから爆発音が聞こえた。

一瞬の沈黙の後、悲鳴が上がり、人々が反対方向へ逃げ出す。

――ドォォォン！

再び響き渡る爆発音。

パニックになった群衆は、兵士の落ち着けという声も聞かず、ただただ危険から逃れようと人を押しのけ走る。

男が怒鳴り、子供が母を探して泣き、母親が悲鳴じみた声で我が子を呼ぶ。

平和を象徴するような賑やかな大通りは、一瞬にして地獄と化した。

アレッタは人波に乗るのも逆らうのも悪手と判断し、猿のように街灯をするすると登る。

そして街灯の天辺に器用に立ち、大きく息を吸った。

「静まれぇぇぇぇぇ!!」

言葉と共に、覇気《はき》を叩きつける。

令嬢から武人へと意識を変えた彼女は、人々を睥睨《へいげい》した。

生物の本能を叩き伏せるそれに、彼らは動きを止め、街灯の上に立つ圧倒的強者を恐々と見つめる。

「衛兵、手を上げろ！　よし、いるな。全員兵士の指示に従って避難するように！　案ずるな、これよりこのアレッタ・ベルクハイツが討伐に向かう！　お前達に危害は加え

させない！」

ベルクハイツの名に、恐れが畏怖に変わった。思い出すのは頭上を飛ぶブラックドラゴンだ。

同時に安堵《あんど》の空気が流れ、人々に僅《わず》かながら余裕が生まれる。

「よし、全員落ち着いて避難せよ！　衛兵、後は頼んだぞ！」

そう言ってアレッタは等間隔に設置されている街灯の上を器用に飛び移りつつ、騒ぎのもとに向かった。

＊＊＊

向かった先で見たものは、大穴が開いた道路と扉をなくし燃え上がる護送用の馬車であった。

馬が興奮していななき、騎手が必死に宥《なだ》めている。

横転した幌馬車《ほろばしゃ》から呻《うめ》き声《ごえ》が聞こえ、人が這《は》い出《だ》す。

動ける騎士と兵達は剣を抜き、一人の女を取り囲んでいた。

女はリゼットだ。質素なドレスに身を包み、髪を振り乱して叫んでいる。

「どきなさいよ！　私はフリオと結ばれるんだからぁ！」

そう言って五つの火球を同時出現させた。

「無詠唱⁉」

「魔法の同時展開だと……⁉」

騎士達が驚きの目で見たそれは、学生の身分では難しい技術だ。普通は学園を卒業し、専門機関でさらなる高みを目指し、初めて習得できるものなのである。

それを、目の前の明らかに頭がおかしい少女が使えているという事実が信じられない。

リゼットは確かに思考回路は異常であるが、魔法のセンスは天才的だったのだ。

そもそも、『悪役令嬢リゼット・フォルジュ』というキャラクターは魔法が得意だった。その肉体のスペックを都合良く使い、彼女はトントン拍子に魔法の習得をしていったのだ。

そんな宝の持ち腐れを見せつけるリゼットの腕には、罪人には必ず付けられるはずの魔力封じの枷《かせ》がない。

簡単に外せるようなものではないのに、自分で外したのだろう。尋常《じんじょう》ならざる実力である。

そんな予想外の実力に目を瞠《みは》りながら、アレッタはリゼットを捕らえる計画を立てた。

騎士達は所構わず魔法を撃とうとするリゼットの捕縛に手をこまねいている。直径三十センチほどの火球に当たればただでは済まないし、避ければ建物に当たる。

建物の主な材質が木製ではないのが救いだが、それで火事が防げるかといえばそうではない。市街地が火の海になる可能性がある。

膠着《こうちゃく》状態の修羅場《しゅらば》に、アレッタは降り立った。

「アレッタ・ベルクハイツです！　助太刀《すけだち》いたします！　あれの捕縛はお任せください！」

「えっ、あ、ああ！　任せた！」

突如降ってきたアレッタに騎士は驚いたようだったものの、ベルクハイツと聞いて即座にその場を任せる。

普通であればそんなことはしないのだが、ウィンウッド王国でベルクハイツを知る者の反応としては普通であり、当然だ。ベルクハイツの直系は誰も彼もが魔法を弾き飛ばすか掻き消すかしてみせる。騎士の判断は妥当といえよう。

対するリゼットは、己《おのれ》を見据《す》える少女が最も憎らしいモブ――アレッタであることに気づき、怒りを爆発させた。

「アンタ！　アンタのせいで！　モブのくせに出しゃばってくるから、バグっちゃったじゃないのよ！」

悪鬼《あっき》の如《ごと》き形相で喚《わめ》き散《ち》らす。

「いなくなれ！　お前なんか、いなくなれぇぇぇぇぇぇぇ!!」

彼女の周りに浮かんでいた五つの火球が、全てアレッタに向かって飛んだ。

アレッタは魔力を手に集め、冷静に上空へ火球を払い飛ばす。

二つ目の火球は逆の手で三つ目にぶつけて相殺し、その爆炎の中から飛び出してきた四つ目は五つ目にぶつけてこれも相殺。

それは全て数秒のうちに起きたことだ。

周囲には爆音が二回轟《とどろ》き、騎士と兵達は爆炎の眩《まぶ》しさに目を細めた。

その爆炎が少しマシになったところで、アレッタは動く。

燃える炎の中に、迷わず突っ込んだ。

周囲が目を剥《む》く中、リゼットは目の前の眩《まぶ》しい炎のせいでアレッタの姿を肉眼で確認できなくなっていた。

もちろん、武人でもない彼女が気配を読むなどという芸当はできず、目の間で起きた派手な爆発にアレッタに当たったのだと勘違いする。

邪魔者を消したと思ったリゼットの唇が吊り上がった――その瞬間。

「なっ!?」

炎の中から殺したはずの女が飛び出してきた。

驚き硬直したリゼットのその隙を逃すことなく、アレッタは手を振りかぶる。

――バッチィィィィイン!!

恐ろしく痛そうな、派手なビンタをくらわせた。

拳《こぶし》でないだけマシだが、それでも体勢が崩れ足が浮くようなビンタである。その衝撃は言うまでもないだろう。

ただの令嬢生活しかしてこなかったリゼットは容易《たやす》く意識を手放し、そのまま崩れ落ちた。

「確保ぉぉぉ!!」

それを見た騎士が指示を出し、兵がリゼットに殺到する。

魔力封じの枷《かせ》を付けられると同時に腕を後ろ手にして縛り、さらに上から縄をかけた。

魔力封じの枷《かせ》を外されたが故《ゆえ》の処置だ。

令嬢相手の拘束の仕方ではない厳重さだった。

それを横目に見ながら、アレッタは服についた汚れを払う。

服も髪も燃えていないのは、炎の中に突っ込んだ時にバリアー状態で体全体に魔力を纏《まと》っていたからである。拳《こぶし》に魔力を纏《まと》う要領と同じだ。

服の汚れを払い終え、手に視線を遣る。

そこは少し赤くなっていた。どうやら軽い火傷《やけど》を負ってしまったようだ。

「ん～、なかなかの火力だったな……」

魔法の才能があったとはいえ、ただの令嬢がベルクハイツに傷を負わせられたとは快挙である。

それだけに、ますます彼女の残念ぶりが際立つ。

「もったいないというか、可哀想というか……」

あんな地雷女じゃなければ、今頃国に大事にされていただろう。

しかしこんな騒ぎを起こし、その異常な思想のもとで才能を見せつければ、危険と判断されて刑の内容が幽閉や強制労働から一気に処刑にランクアップする可能性が高い。

何せ、彼女は魔力封じを破ってしまったのだから。

そこまで考え、アレッタは頭を一振りし、その考えを振り切る。

刑の内容は彼女が決めることではない。然《しか》るべき機関が、然《しか》るべき措置を取るのだ。

何にせよ自分の仕事は終わったと肩から力を抜いたところで、騎士に呼ばれる。

どうやら、暫《しば》く指輪を買いに行くのはお預けになりそうだった。

エピローグ

町での騒ぎがあった日。火傷《やけど》の治療を終えて寮へ帰ったアレッタは、怒ったような、それでいて心配したような複雑な顔をしたフリオに出迎えられた。

どうやら、軽度であっても怪我をしたと聞いて心配していたらしい。

軽度の火傷《やけど》は魔法薬による治療で跡形もなく綺麗に治っていた。

それを確認し、他に怪我がないかどうか聞いて、フリオはようやく顔の強張《こわば》りを解く。

「それで、何があったんだ？」

大体の事情を知っていても、現場にいた人間に聞くほうが正確だ。

彼の問いにアレッタは軽く肩を竦《すく》めて溜息《ためいき》交じりに話す。といっても、内容はたいしたものではない。

護送車を破壊して脱走を試みたリゼットが暴れていたので、捕まえただけなのだ。問題があるとすれば、予想外だったリゼットの魔法の実力だろう。

話を聞き終えたフリオは、とりあえずオリアナに知らせておくと言った。この件も何かしらの取引材料にするのだろう。

アレッタはその日は疲れたと言って早々に部屋に引き上げ、いつもより早く就寝する。

その後、リゼットの再護送は一週間後に行われた。

護送は厳重なもので、リゼットは魔力封じの枷《かせ》を付けられた上に後ろ手で縛られ、さらに魔法や薬によって道行の大半を強制的に眠らされる。

そうした魔法や薬の乱用は体に良くない。そこまでの措置を取っていることから、彼女の今後の処罰がどういうものになるのか透《す》けて見える。

カルメ公国との交渉も上手《うま》く進み、全ての責任をフォルジュ家に被せ、国自体のダメージを減らした。

そしてオルタンスへの同情票を集め、両国はどうにかレオンとの婚約を正式に発表する。

そんな祝い事の裏で、カルメ公国では王太子の交代劇が起きていた。

王太子とその取り巻き達が、一人の少女を虐《しいた》げていたことを理由に婚約者と婚約破棄をすると、とある舞踏会で宣言したのだ。

何やら既視感のある話だが、この婚約破棄宣言に返されたのは失笑と冷笑だった。

何故《なぜ》なら、とっくの昔に彼らの婚約者達は婚約を解消し、他国へ留学していたのである。

学園どころか国内にすらいない者が、どうやってその少女を虐《しいた》げるというのか。

そんなお粗末な断罪劇は、早々に国王によって回収された。

その後、それぞれの家の跡継ぎの首が挿《す》げ替《か》えられ、王太子の座もまた側室腹の兄王子のものとなる。

そうした噂が流れる中、ウィンウッド王国の学園は学年末テスト期間へ突入した。

生徒達は教科書を片手に勉強漬けの毎日を過ごす。それが終われば、三年生の卒業まで一か月もない。

そうして慌ただしく時が過ぎ、アレッタは今日ようやく指輪を手に入れた。

リゼットの騒動の後も事情聴取やら根回しやらでアクセサリーショップへ行けず、ようやく注文したと思ったらテスト期間である。なかなか時間が取れなかったのだ。

アレッタは指輪を持って、いそいそと部屋へ戻った。

高価なものではないが、せっかくなので指輪を渡すのは特別な日が良いだろう。

＊＊＊

テストの結果が発表され、悲喜こもごもの時が流れた。

卒業式までの時間はあっという間で、生徒達はチラチラと降る雪を横目に、白い息を吐きながらその日を迎える。

今、講堂では三年の卒業生と、教師、来賓、在校生が集まり、粛々《しゅくしゅく》と式が進行していた。

壇上に在校生が立ち、送辞が読み上げられる。

「——先輩方、ご卒業おめでとうございます。一年という月日はあっという間で、皆様の卒業式がこんなにも早くくるなんて信じられない気持ちです。特に今年は色々なことがあり、その流れに揉《も》まれた一年でした」

在校生の送辞に、その場にいた全ての人間が遠い目をする。

本当に色々ありましたね、という気持ちでいっぱいだ。

去年は一人の女生徒の入学から不穏な空気が漂《ただよ》い始《はじ》め、今年になってそれが爆発。結果は王太子の廃嫡《はいちゃく》。有力貴族や商人の子息、件《くだん》の女生徒が退学。被害者のはずの令嬢が愛した男が原因で、覇王《はおう》召喚。

それが収まったと思ったら、留学生がやらかして大変な騒ぎになった。

本当に色々ありましたねぇ、と事態の収拾に奔走した教師陣はさらに死んだ目になる。

そんな一年を振り返りながらの卒業式は、これまでのことが嘘のようになんの問題も起こらず、つつがなく終わった。

式が終わり、講堂の外では先輩の卒業を寂しがる後輩が涙ぐみ、卒業生がお世話になった先生のもとに集まる。

そんな人々の間をすり抜けて、アレッタはフリオを連れ出した。

静かな校内を二人で歩く。

暫《しばら》く歩くと修理中の渡り廊下が見えてきた。アレッタが折ってしまった木は既《すで》に片付けられて、切り株状態のそれだけが残されている。

そこからもっと奥に行くと、これもまた修理中の四阿《あずまや》があった。

グレゴリーが文化祭の最中に壊してしまったものだ。

それらは侵入者さえいなければ壊れなかったものなのに、何故《なぜ》か周囲にはベルクハイツの爪痕として認識されていた。アレッタにしてみれば甚《はなは》だ遺憾である。

その横を通り抜け、もっと奥へ。

校舎の横の林近くに、それはあった。

小さな水盆が載せられた台座には雪が薄く積もり、石造りのゲートオブジェに古びた金の小さな鐘が吊り下げられている。

そこは初夏であれば薔薇《ばら》が美しい知る人ぞ知る小さな庭なのだが、冬の今は葉の色も褪《あ》せ、寂しく見えた。

「やっぱり人がいないね」

「まあ、流石《さすが》にこんな奥だとな」

いかにも乙女ゲームらしい秘密の庭めいたそこは、意外にもイベントには関係ない場所だ。

ちなみに、グレゴリーが壊した四阿《あずまや》は、イベントが起きる重要な場所だったりする。

攻略キャラのルートが確定した時に使われる場所なのだ。

まあ、それはもう永遠にこないイベント。

アレッタはこの学園が乙女ゲームだと気づいた後、なんとはなしにイベントが起きる場所を巡ってみたことがある。その末に、この小さな庭を見つけたのだ。

「頭上に鐘があると、特別感があるのよねぇ……」

連想するものは、ガーデンパーティー風の結婚式だ。

まあ、この冬枯れの庭には相応《ふさわ》しくないイベントではあるが。

そんなことを思いながら、ポケットからあるものを取り出す。

「フリオ」

「ん？　なんだ？」

差し出すのは、銀色のシンプルなペアリングの入った指輪のケース。

それを見たフリオは、目を丸くした。

「アレッタ、それ……」

「まあ、卒業祝いというか、記念というか……」

高価なものじゃないけどと言いつつ、視線を泳がせて大きいほうの指輪をケースから出す。

「これ、ペアリングなの。これから少し離れ離れになっちゃうけど、私が卒業するまで待っていてほしいな」

フリオの手を取って、左の薬指をするりと撫《な》でた。

この世界では左手の薬指に、特に意味はない。

けれど、アレッタには意味のある指だ。

この指のサイズを気づかれないように測るのには苦労した。

「改めて、貴方に愛を誓うわ」

その指に、指輪を嵌《は》める。

「そして、貴方の愛に見合う女になるわ」

フリオはアレッタの知らぬところでずっと努力し続けてくれた。将来ベルクハイツ領を背負って立つ女に相応《ふさわ》しい男になるために。

それなら、アレッタはその努力に見合う女になりたい。——少なくとも、彼を不安にさせないくらいの女に。

「あと二年待ってね。その時はもっといい女になって、貴方に相応《ふさわ》しい指輪を贈るわ」

ただただ愛しいという想いを籠めてフリオを見つめる。彼は日に焼けた浅黒い肌でも分かるくらいに顔を真っ赤に染め、手で口元を隠して俯《うつむ》いていた。

やがて、のろのろとアレッタに視線を合わせる。

「お前なぁ……」

なんでそんなに男前なことを言うの？　と呟《つぶや》いた。

「嬉しいけど、嬉しいんだけど……！　男としての矜持《きょうじ》が……！」

真っ赤な顔でブツブツぼやきながら、フリオもまたポケットから小さなジュエリーケースを取り出す。

「とりあえず、これ、つけてくれ」

ケースを開けてみると、そこにはシンプルな琥珀《こはく》のピアスが入っていた。

「わぁ……。ふふっ。フリオの瞳の色ね」

「おう……。お前は、俺のっていう証《あかし》な」

アレッタに比べて、余裕のなさが浮き彫りにされたようで気まずい。

フリオは恥ずかしそうに言って、口ごもり、ぶっきらぼうにピアスを押し付ける。

アレッタは喜んでそれを受け取った。

「ピアスホールはあけてないんだけど……似合う？」

「……ああ。すっげー似合うよ」

耳元にピアスを持っていって尋ねる。

フリオは口元をムズムズさせながらそう言い、アレッタは目を細めて微笑《ほほえ》んだ。それをつけるためにピアスホールをあけさせるという行為が、少しばかりの仄暗《ほのぐら》い独占欲を感じさせる。

しかし、それを可愛いと思うくらいにはアレッタはフリオに惚《ほ》れていた。

「まあ、私はフリオのものだから、フリオの色が似合って当然かな？　フリオも、きっと私の色が似合うでしょうね」

穴のあいてないフリオの耳を触り、言う。

「次は、そこに私の色を贈るわ」

そんな言葉に、フリオはとうとう降参だと情けない顔で呟《つぶや》き、アレッタの頬に触れた。

彼の顔がゆっくりと下りてくる。

アレッタは目を閉じて、降ってきた唇を受け入れた。

二年後、二人は神の前で永久の愛を誓う。

その時、きっと二人の耳にはそれぞれの瞳の色をしたピアスと、シンプルだが見事な装飾が施《ほどこ》された指輪がそれぞれの左手の薬指に輝いているだろう。

マデリーンの文化祭デート編

プロローグ

話は半年ほど戻り、夏の盛りを過ぎて迎えた秋の始まり。

本格的な夏は越えたとはいえ、まだまだ残暑は厳しく草木は青々としている。

多くの教育機関と同じように、ウィンウッド王国の国立学園も夏季休暇を終え、新学期を迎えた。

生徒達は久しぶりに会う級友と休暇中の出来事を報告し合い、抜け目のない者はその会話の中から美味《おい》しい情報を抜き取る。

貴族は夏季休暇中に過ごした優雅な生活を話して見栄を張り、商人はビジネスチャンスに耳を澄ませ、三男以降の貴族の子弟や平民は己《おのれ》を売り込む機会をうかがう。

そうした水面下での思惑《おもわく》を抱えながらも、表面上爽《さわ》やかな会話をする彼らの一番の関心事は、カルメ公国から二人の留学生が来ることだ。

中でもオルタンス・ルモワール公爵令嬢は、先日立太子したレオン殿下の最有力婚約者候補である。権力を欲する者はどのようにして取り入るか算段を立て、逆に関心を持たぬ者は当たり障《さわ》りない態度を心掛ける。

今やこの国の筆頭貴族となったアルベロッソ公爵家の令嬢として、マデリーンもまた彼女の存在を注視していた。

未来の国母《こくも》になるかもしれない他国の高位貴族の令嬢である。色々な意味で上手《うま》く付き合う必要がある。

何せ、彼女の母国にいないタイプの貴族が我が国には存在するのだ。

それがマデリーンが婚約した男、グレゴリーの生家たるベルクハイツ子爵家である。

ベルクハイツ家は頻繁に魔物の氾濫《スタンピード》を起こす『深魔《しんま》の森』を擁《よう》する土地の領主であり、彼らはその身の尋常《じんじょう》ならざる力でもって彼《か》の地を治めている。

ウィンウッド王国にとって『深魔《しんま》の森』は国の癌《がん》であり、その侵攻を防ぐベルクハイツ家は王国にとってなくてはならない存在だ。

彼らは子爵家でありながら国での重要度はトップクラスであり、最早《もはや》治外法権に近い扱いを受けている。

そんな特殊な家と縁づく予定のマデリーンは、他国の令嬢であるためにそうした事情に疎《うと》いオルタンスに、ベルクハイツ家という存在を正しく呑み込ませなくてはならない。

彼女が国母《こくも》となるのなら尚更だ。

ベルクハイツ家にそっぽを向かれて困るのは王国であり、この国に生きる民である。彼らは決して傲慢《ごうまん》で無慈悲な性質はしていないが、高い矜持《きょうじ》を持つ一族だ。取り扱いを間違えられては困る。

何より、マデリーンの愛する男に迷惑をかけられては堪らない。

それにマデリーンは、彼と結婚したらベルクハイツ領に住む。彼が婿入《むこい》りし、新たにアルベロッソ子爵家を興《おこ》すとはいえ、実質は嫁入りである。

面倒事は最初から起こさせないほうが良いに決まっている。

最近ではレオン殿下がベルクハイツにちょっかいを出していたようだと、グレゴリーの母たるベルクハイツ夫人との手紙のやり取りで知ったが、それは王家の者が通るお決まりの道。ベルクハイツ夫人は、お分かりいただけるまで叩き潰すと遠回しに伝えてきた。

なるほど、治外法権。

その言葉の意味をしみじみと感じる。

一体、国に仕える貴族の誰が国主の一族を叩き潰すと言うだろうか。

そう。ある意味当主より苛烈《かれつ》で恐ろしいのが、彼の地《かのち》の長の伴侶である。

そんなベルクハイツ家に縁づくのだから、マデリーンもそれに相応《ふさわ》しい女にならなくてはならない。

ならば手始めに、それと悟られないよう、夫になる一族に対する扱いをオルタンスに刷り込んでいこう。

そうやって不遜《ふそん》な計画を淡々と立てるマデリーンは、悪魔と名高いベルクハイツの伴侶への道を真っ直ぐに着々と歩いている。

それはそうと、手紙といえば、新学期早々にグレゴリーの妹のアレッタから手紙を貰った。グレゴリーから預かったのだという。

マデリーンは礼を言ってそれを受け取り、寮に戻ってから早々に手紙を読んだ。

そこには時候の挨拶《あいさつ》とささやかな愛の言葉、そして彼の今後の予定が書いてあった。

なんと学園の文化祭の時に休みが取れそうだから、学園へ来るというではないか。

「グレゴリー様に会える……！」

マデリーンは瞳を輝かせる。

彼女は手紙をそっと抱きしめ、その日を指折り楽しみに待つのであった。

第一章

煩《わずら》わしい人間がことごとくいなくなり、ライバル視していた令嬢が勝手に転落して迎えた新学期。さぞかし清々しい気分で過ごせるに違いないと思っていたマデリーンだが、残念ながらそうはならなかった。

原因は、二人いた留学生の一人——リゼット・フォルジュ子爵令嬢だ。

彼女が学園に来て早々、婚約者のいる男の尻を追いかけ始めたのである。

しかも、件《くだん》の男はアレッタの婚約者だ。それはまるでいつかの再現のようで、実際にはさらに厄介《やっかい》だった。前回の厄介事《やっかいごと》を全部混ぜて煮詰《につ》めたかのような有様《ありさま》だ。

今回は追いかけられているフリオ・ブランドンが迷惑そうな顔を隠しもしないので、ベルクハイツ子爵が領地から出てくる事態は早々起こらないだろう。しかし、婚約者を狙われるのが二度目になるアレッタが暴走しないかどうかが心配されていた。

マデリーンとしては助力を求められればあの恥知らずな留学生をなんとかするのもやぶさかではないのだが、彼女と母国を同じくするオルタンスが動いたのでそれを見守ることにした。

「はぁ……」

「お疲れですわね、オルタンス様」

「あ、失礼しました」

「いえ、無理もありませんわ」

ところが、何度注意してもリゼットは止まらなかった。

先輩や同級生はもちろん、公爵令嬢であるオルタンスにも、果ては教師にすら「そんなことを言うなんて酷《ひど》い」と、被害者面をして目を潤《うる》ませるのである。

彼女は前学期までいたリサよりも質《たち》が悪い。

リサもまた、男を侍《はべ》らせ周囲から注意を受けていたが、少なくとも男が勝手に寄ってくるのを拒まないだけで、追いかけはしなかったのだ。

それはそれで質《たち》が悪いとは言えるが、相手が迷惑がっている時点でリゼットのほうがよろしくない。

実はカルメ公国でも先のリサが起こしたようなことが起こり、リゼットも婚約者を奪われて心を痛めていたはずなのに何故《なぜ》こんなことができるのか、とオルタンスは溜息《ためいき》をついている。

「ブランドン先輩が彼女の初恋の人だと噂で聞きましたが、やはりそうなのですか?」

「ええ、そうらしいです。ですが、明らかに愛し合っている二人の間に割り込むのは問題外ですわ。……これに関しては私にも責任があります。母国で辛《つら》い思いをしたぶん、彼女の初恋が良いほうへ向かえばと願い、軽率な行動を取ってしまいました」

確かに軽率な行動だった。

オルタンスは大勢の人間がいる食堂で、リゼットが初恋の人に会いたがっていると話してしまった。

しかし、それは良かれと思ってのことだ。

『初恋』という綺麗な言葉を使ったのにも意味があった。

リゼットの恋が周囲に後押しされれば良いと考えていたからだし、もし破れても『初恋』という幼さを感じさせるそれが恋の終わりを綺麗に飾ってくれるだろう。そして、それを次のステップとして利用すれば良いと思っていたのだ。

最初はオルタンスの思惑《おもわく》通りに、その『初恋』は好意的に受け入れられた。しかし、その後のリゼットの行動によって台無しになる。

初恋の人に既《すで》に婚約者がいたとなれば諦めるべきだし、相手が迷惑がることは当然すべきじゃない。

リゼットの現状として最も望ましい貴族としての態度は、腹の中で何を思おうと初恋に破れたことに落ち込んだふりでもなんでもして同情票を手に入れ、次のための踏み台にすることだ。

リゼットの美しい顔なら、肩を落として愁《うれ》い顔をしていれば引っかかる男の一人や二人は簡単に出てくるはずである。貴族の女ならば、さっさと次を探す強《したた》かな面を持っていなくてはならない。

ある意味リゼットは純粋なのだろう。ただ一人を真っ直ぐに追っている。

しかし、忠告を聞かない様《さま》はどうしようもなく愚かだ。

「まさか、こんなことになるなんて……」

オルタンスの疲れ切った呟《つぶや》きに、マデリーンも同情する。

誰もがリゼットの行動に唖然《あぜん》としていた。

ここまで話の通じない人間に会ったことがない。

リサのほうがマシだったとは、彼女とマイナスな意味で関わった、ある女生徒の言葉だ。

マデリーンは小首を傾《かし》げ、疑問に思っていたことをオルタンスに尋ねる。

「リゼットさんはお国ではどう過ごされていたんですの？　オルタンス様のおっしゃりようでは、少なくとも男性をしつこく追いかけるような方ではなかったのでしょう？」

オルタンスは薄く愁《うれ》いを帯びた表情で頷《うなず》いた。

「ええ。あの子は本当に普通の令嬢で、前の婚約者が他の女にたぶらかされても冷静に対応していましたわ。まさか、こんなことを仕出かす子だとは夢にも思いませんでしたの」

それを聞いてマデリーンは内心眉を顰《ひそ》めた。

今回のことがなければ、リゼットは物事に冷静に対処できる人間のように聞こえる。

しかし、今回の彼女の行動を見るに、ただ単にその元婚約者に思い入れがなかっただけなのだろう。

ある意味、そこまで興味を持たれていなかった元婚約者は哀れだし、現在進行形で迷惑をかけられているオルタンスはもっと可哀想だ。

「リゼットさんのご実家には？」

「もちろん知らせましたわ。けれど、何故《なぜ》か政治的な罠と思われて対応が遅れていますの」

再び溜息《ためいき》をつくオルタンスに、マデリーンも困惑を顔に出す。

どうやらこの騒動は長引きそうである。

それならば、尚更オルタンスには頑張ってもらわなくてはならない。

「ところでオルタンス様。話は変わりますけど、アレッタの朝の訓練を見たことはありますか？」

「え？　いいえ、ありませんわ」

突然の話題の変更に彼女は戸惑《とまど》いを見せたが、すぐに首を横に振った。

「あの小さい体で大きな剣を振り回しますのよ。流石《さすが》はあのベルクハイツの次期当主といえるだけの迫力がありますの。一度は見ておいて損はありませんわよ」

言葉の裏に忠告を籠める。

オルタンスはそれを正しく受け取り、今度見てみると頷《うなず》いた。

その翌朝、マデリーンは顔色の悪いオルタンスが朝食のサラダに添えられたカットトマトをじっと見つめているのを目撃した。

トマトから何を連想したかは……言わずもがなだろう。

第二章

一つの問題を抱えながら、日々は過ぎていく。

学園の生徒達や教師、特にベルクハイツに深い関わりのある教師のローレンス・ガドガンなどは、神経を尖《とが》らせてアレッタとリゼットの動向を見守っていた。

アレッタはあの年で武人として半ば完成された自制心を持っているが、それでも若さ故《ゆえ》に不満が隠しきれなくなっている。

それも仕方がない。彼女の婚約者が他国の全然話の通じない令嬢に付《つ》き纏《まと》われているのだから。

しかも、最初の婚約者の裏切りに遭《あ》ってからあまり時が経たないうちに、二人目の婚約者も他の女に目を付けられたのだ。ストレスは溜まる一方だろう。

そんなアレッタの息抜きにと、マデリーンが彼女を町へ連れ出し、お茶をしたのは最近のことである。

マデリーンとしてもグレゴリーやベルクハイツ夫人との手紙のやり取りで、彼の家の方針はそれなりに理解していたが、詳しくはない。やはり次期当主であるアレッタの言葉も聞いておきたかったのだ。

そこで聞いた話の結論としては、リゼットの回収にはまだまだ時間がかかりそうだということだ。

どうやらストレスが溜まる日々は続くらしい。

マデリーンはリゼットとはクラスが違うため、これまで直接的な不利益を被《こうむ》ったことはない。しかし、あの理解不能な言動には困惑とストレスを感じる。話の通じなさが、かつて学園にいたリサ以上なのだから、推して知るべし。

そんな薄く緊張感をはらむ学園生活での楽しみは、グレゴリーからの手紙くらいだった。

実直で誠実、貴族的な迂遠《うえん》な表現が苦手であり、さらに硬派なところもある婚約者は、手紙で愛を綴《つづ》るには恥ずかしさが勝ってしどろもどろ。

そんな手紙を受け取るたびに、心がソワソワする。察しの良いマデリーンは、グレゴリーの努力が手に取るように分かった。

可愛い……、かわいいいわぁ……！

ベッドの上をゴロゴロ転がりたくなる衝動を抑えるのに必死だ。

そんなある日。鉄壁のプライドを持つマデリーンが崩れ落ちる手紙がきた。

それは、珍しく二通同時に届けられる。

おそらく、それほど日を置かずに出されたのだろう。この国の郵便事情では、違う日に出された手紙が二通同時に届くことがあった。

マデリーンは手紙の一つを手に取り、封を開けて中身を読む。

……頭が爆発するかと思った。

そこには、率直な愛の言葉が綴《つづ》られていたのだ。

迂遠《うえん》な表現などしゃらくさいとばかりに「君に会いたい」だの、「愛している」だの、「手を繋いで君と町を歩きたいと言ったら、笑うだろうか」だのと、そういったことがつらつらと綴《つづ》られているのだ。

何これぇ……

今までの手紙とのギャップが凄《すご》い。

グレゴリー様ったら恥ずかしがり屋さん、とどこか微笑《ほほえ》ましく思っていたのに、とんでもない爆弾である。

しかも、今回は手紙がもう一通ある。

マデリーンはどうにか気力を振り絞って二つ目の手紙を読み……溶けた。

ナニコレェ……

手紙には、もう一つの手紙を読まないよう書いてあった。

なんでも先程のものは夜遅くに書き、翌朝になって割とどんでもないことを書いたと気づいたらしい。

嘘は書かなかったものの、恥ずかしいので破棄しようと思ったのに、既《すで》に愉快犯《オリアナ》の手で出された後。慌てて次の手紙を書いて、もしもの奇跡にかけたようだ。

確かに手紙は同時に届いたが、問題の手紙を先に読んでしまったので、二通目の手紙は意味を成さないものになっていた。

文面はオロオロと狼狽《うろた》え、恥ずかしがっているのが手に取るように分かる内容。彼が手紙を書いている現場に是非《ぜひ》居合わせたかったと思えるようなものだ。

マデリーンはフラフラと立ち上がり、ベッドに倒れ込んで枕に顔を埋め、シャウトする。

「ありがとうございます、お義母《かあ》様！」

くぐもった声は全て枕に吸収され、外へ漏れることはない。

この先何があろうとも絶対に彼の嫁になるという決意を胸に、マデリーンはベッドの上でジタバタしたのだった。

＊＊＊

新たな問題児を抱えて、学園での日々は過ぎていく。

フリオを見つけて一目散に追いかけるリゼットを、生徒達は毎日、呆れたような目で見送っていた。

厄介《やっかい》な子だと小さく溜息《ためいき》をつくマデリーンの視線の先では、リゼットがフリオに追いつく前にオルタンスに捕まり、注意を受けている。

アレッタの訓練風景を見たオルタンスは、リゼットを迷惑な子だとは思いつつもその身を案じているのだ。

アレッタの自制心がどれほどのものか知らない彼女は、万が一手を上げられる事態になればリゼットが死ぬかもしれないという危機感を抱いていた。

流石《さすが》にそういった事態は避けたいため、どれだけ己《おのれ》の忠告を無下にされようと、リゼットに注意するのをやめない。

しかしリゼットの態度は変わらず、彼女は周りからのヘイトを溜め続ける。そうして、とうとう決定的な事態を引き起こしたのだ。

それは、マデリーンが楽しみにしていた文化祭でのことだった。

文化祭一日目。

リゼットのクラスでは、各領地の物産展のようなことをしていた。

問題児である彼女に接客を任せるのは不安があったため、クラスメイトは彼女を裏方に回す。それなのに、まさかの仕事放棄をした。

基本的に任された仕事は貴族だろうが平民だろうが必ずこなすのが、この学園の生徒である。仕事を放っておいて恋敵のクラスへ乗り込むなど思いもしない。

偶然通りかかったオルタンスに問題を起こす前に回収されてきたが、クラスメイト達はカンカンに怒った。

なんと、リゼットは仕事を放棄しただけでなく、脱走する際に金庫の鍵を持っていったのだ。

何故《なぜ》彼女がそれを持っていたのかは謎だが、それのせいで予定が随分《ずいぶん》くるってしまった。

いくら期待していなかったとはいえ、これはもう看過できない。

それにリゼットは悄然《しょうぜん》として反省してみせるものの、所詮は見せかけのポーズにすぎず、懲《こ》りずに脱走を繰り返す。

そして、とうとうアレッタのクラスが行っているカフェで騒ぎを起こした。

ただでさえ今年は、例年よりも侵入者が多い。

警備からも放っておけば面倒なことを起こすと改めて認識されたリゼットには、警護と言う名の監視がつけられることになる。

周囲から冷たい視線を浴びる彼女が、どうしてああも平然と男の尻を追いかけられるのか。理解できないとクラスメイト達は重い溜息《ためいき》を零した。

＊＊＊

そんなふうに迎えた文化祭二日目は快晴だった。

マデリーンは素晴らしい秋晴れの空を自室の窓から見上げる。まさにお祭り日和《びより》の空だ。

彼女は早々に準備を済ませ、念入りに自身の姿のチェックをする。

「メアリー、おかしいところはないかしら？」

「大丈夫ですよ。いつも通りお綺麗です」

仲の良い侍女、メアリーの言葉に鏡を覗《のぞ》きながら一つ頷《うなず》き、ようやく落ち着きを取り戻す。

「では、行ってくるわね」

「はい。行ってらっしゃいませ、お嬢様」

マデリーンは意気揚々《ようよう》と部屋を出た。

まず最初に目指す場所は、背の高い中庭の木だ。そこで、アレッタと待ち合わせをしている。

彼女と共にグレゴリーを迎えに行く約束をしていたのだ。

「アレッタ！」

視線の先にはアレッタと、彼女の婚約者であり、今回の騒動の一番の被害者であるフリオ・ブランドンがいた。

「ごめんなさい、お待たせしてしまったかしら？」

「いえ、大丈夫です。時間ピッタリですよ」

まず軽く謝罪し、フリオに視線を向けてここにいて大丈夫なのかと尋ねる。すると、大丈夫だと返された。

「例のご令嬢はクラスメイトとオルタンス様に見守られながら、一生懸命仕事をしているはずですから」

方々に迷惑をかけ、怒りを買った結果だ。どこにいようとも監視の目があるに違いない。

「それはさぞかし良い思い出が残りそうですわね」

「ええ、本当に」

それだけ大勢に、しかも怒りを買った状態で見張られているなら、逃げるということはなさそうだ。二人は晴れ晴れとした心持ちで笑みを浮かべたが、アレッタはこちらを見て何故《なぜ》か口元を引きつらせていた。

第三章

マデリーン達が来賓の受付場所である正面玄関脇のエントランスに行くと、そこでは騒ぎが起こっていた。

人だかりの中、ぽっかりと穴が開くように三人の人物が遠巻きにされている。

何事かと目を向け、その中の一人を見た瞬間、マデリーンは瞳を輝かせた。

男二人の頭を鷲掴《わしづか》みにし、高々と掲《かか》げて吊り下げるグレゴリーがいたのだ。

今日の彼は貴族の子弟として恥ずかしくない格好をしている。鎧姿《よろい》の凛々《りり》しい彼も良いが、この姿も素敵だとマデリーンは頬を染めた。

そんな彼女の様子に、アレッタとフリオがその反応で良いのかと、なんとも言えない視線を送る。あれは色々と目を疑う光景なのだが……

恋する乙女とは、時に常人の理解を超えるのである。

すっかり恋する乙女モードと化したマデリーンを尻目に、アレッタが人垣を掻き分けてグレゴリーに話しかける。すると、張りつめていた空気が少し緩み、グレゴリーがノックアウトした不審者を警備の騎士達に引き渡した。

アレッタと話すグレゴリーは、次第にソワソワと落ち着きをなくしていってるのが遠くからでも見て取れる。

そして、こちらに案内されて自分を見た途端照れ臭そうに目元を緩ませた様子に、マデリーンの心臓は撃ち抜かれた。

ナニコノヒトカワイイ。

そう、私と会えて嬉しかったのね。

嬉しさは隠さないが、変な声を上げそうになるのには耐える。

マデリーンは己《おのれ》の中での内なる戦いを悟らせず、グレゴリーの傍《そば》に寄った。

「お久しぶりです、グレゴリー様」

「ああ、マデリーン殿。元気そうで良かった」

柔く微笑《ほほえ》み合いながら挨拶《あいさつ》を交わし、自然に寄り添うような形でアレッタ達に向き直る。

「それじゃあ、後は予定通りで良いか？」

「はい。兄様もマデリーン様も文化祭を楽しんでくださいね」

「ええ。アレッタもブランドン先輩も楽しんでね」

「はい。そちらも、良い一日を」

当初の予定として、アレッタ達は文化祭の始めにグレゴリーに軽く挨拶《あいさつ》するだけで、その後は分かれて行動することになっていた。

マデリーン達は、そのまま二人と別れ、寄り添って廊下を歩く。その足取りはふわふわと浮ついており、内心の浮かれようが滲《にじ》み出《で》ていた。

「グレゴリー様はどこか行きたいところはありますか？」

「特には……あ、いや、アルベロッソ領の装飾品が展示されると聞いたんだが」

ぶっちゃけると、グレゴリーは文化祭にかこつけてマデリーンに会いに来ただけなので、何が見たいとかはない。しかし、せっかくだから婚約者の領地のものを見たいというその言葉は、貴族の男としては一長一短だ。

ここにアルベロッソ公爵がいれば、我が領はついでかと思いつつ、娘と仲が良さそうで結構と苦笑したかもしれない。

しかし、この場にいるのは彼と同じく恋に浮かれた年頃の娘だ。

そうね、私に会いたかっただけですものね、とマデリーンは笑みを輝かせてするりとグレゴリーの腕に己《おのれ》の腕を絡ませる。

「ええ、見ていただけるなら嬉しいですわ」

流れるように寄せられた体にグレゴリーは一瞬身を強張《こわば》らせたが、すぐに力を抜く。

「では、そこから先に見に行こうか」

そのまま頷《うなず》きかけたマデリーンだったが、視界の端に捉えた人影に思考を切り替える。

「あ、いえ、その前にご紹介したい方がいるので少しお時間をいただけますか？」

先程まであった砂糖をまぶしたような甘さが消えた声音に、グレゴリーもまた思考を切り替えた。

マデリーンが何を見つけたのかを探るように彼女の視線の先を追い、見つける。

そこにいたのは、金の巻き毛の美しい少女だ。

少女もまたこちらに気づいたようで、一瞬驚いたように目を見開いたものの、瞬《また》き一つする間にそれを隠す。

マデリーンは彼女に用があるのだとグレゴリーへ目配せした。

「オルタンス様」

「マデリーン様、ごきげんよう」

優雅に微笑《ほほえ》み合って挨拶《あいさつ》を交わす少女達に、母の戦場での気配を感じたらしいグレゴリーが視線を泳がせる。

「オルタンス様、こちら、私の婚約者のグレゴリー・ベルクハイツ様です。グレゴリー様、こちらはカルメ公国からいらした留学生のオルタンス・ルモワール公爵令嬢ですわ」

「初めまして、ルモワール公爵令嬢」

「こちらこそ初めまして、ベルクハイツ様。お会いできて光栄ですわ」

普段戦場に出るばかりで社交などさっぱりしてこなかった彼は、鉄仮面《てっかめん》気味故《ゆえ》に表情にこそ出さないが、気まずげな空気を隠せていない。

対するオルタンスは、慣れた様子で微笑《ほほえ》んでいる。

マデリーンが二人を引き合わせたのは、オルタンスが王妃になる可能性が高いため、ベルクハイツの男がどういう人間かを彼女に見せておきたかったからだ。

オルタンスはベルクハイツの人間であるアレッタのことは知っているが、ベルクハイツの男を知らない。滅多に領地から出ない――否、出られない彼らを知る機会など、これからもそうありはしないだろう。

ベルクハイツの男達は独特の雰囲気を持っている。分かりやすく『強者』なのだ。それは、アレッタにはないものだった。

今代の当主たるベルクハイツ子爵などは一目見ただけで絶対に敵対してはならない男であると分かるのだが、アレッタはそうではない。それこそ、訓練風景を見てようやくその異常な力に気づけるのだ。

そんなベルクハイツの男であるグレゴリーもまた、『強者』であると分かりやすい。

マデリーンは、その彼をオルタンスに会わせておきたかった。……別に、優しくて可愛くて格好良くて素敵な彼を自慢したかったわけではない。ないったら、ない。

「オルタンス様もご存じかと思いますが、グレゴリー様もまたベルクハイツ領の守護を司る戦士の一人ですのよ」

「ええ、存じておりますわ。それに、ベルクハイツ領の戦士はとてもお強いのだと聞いております」

オルタンスの声音は、何かを納得した響きをしていた。

『見た目』というのは大事である。

視覚からの情報は何よりも分かりやすくその人について教え、印象を強く残す。高価なものを身につけていれば、その人の地位が高いものだと推測するし、体格でその人物が持つ力を測る。

ベルクハイツ家の男達はそれが分かりやすい典型的な例に当てはまった。

マデリーンの表向きの思惑《おもわく》通り、オルタンスはベルクハイツ家は戦士の一族なのだという情報を補強する。

「そうですね、我がベルクハイツの戦士は屈強であるという自負と自覚があります」

グレゴリーは謙遜《けんそん》することなく、素直に頷《うなず》く。

その言葉通り、彼らは本当に戦士の自負と自覚があるのだ。

「ベルクハイツ子爵はブラックドラゴンの調教に成功したくらいですものね」

「ああ、あれにはまったく驚かされた。父上の手加減の上手《うま》さと言ったらない。俺では力加減を間違えて後遺症を残すか殺してしまう」

「あら、そうなんですの？」

のんびりと何げなく交わした会話の内容に、オルタンスがぎょっと目を瞠《みは》る。

「ああ。やはり我が領で一番力の使い方が上手《うま》いのは父上だな。単純な腕力だけならバーナード兄上が一番強いんだが、模擬戦で父上に一度も勝ったことがない。良い線をいくのはゲイル兄上だ」

事前情報でベルクハイツ子爵は既《すで》に五十歳近いと聞いていた。普通であれば力が衰えている年齢だ。しかし、その人物に息子達が敵わないというのはどういうことか。

目の前の男が弱いなどとは言えるはずがない。

あからさまなまでに強者の風格を持ち、武道など分からないオルタンスにすら、生物としての本能が敵対してはならないと教えてくるのに――

「ただ、アレッタもなかなかやるようになってきた。おそらくアレッタが学園を卒業する頃には俺達は抜かされるだろうな」

その言葉に、オルタンスは驚愕《きょうがく》する。

アレッタの訓練を見た時に外見通りの令嬢ではないのだと知ったが、そんなもので測れない人間なのだと改めて知らされた。

しかし、驚いたのはオルタンスだけではない。

「アレッタは、それほどまでに強いのですか……？」

マデリーンもまた、アレッタの秘める実力を正確には知らなかった。

彼女はオルタンスにベルクハイツが当たり前のように持つ力を分かりやすい視覚情報をもって教えたかったのだが、自分まで驚くことになるとは予想していなかった。

「それだけベルクハイツの血が濃いということだ。……可哀想なことだよ、本当に」

兄としての愛情が滲《にじ》む声だ。

アレッタは強い。きっと将来的には、ベルクハイツ家始まって以来、特に強いとされた当主の中で五本の指に入るくらいになるだろう。

けれど、彼女は女の子。

キラキラしたアクセサリーが好きだし、繊細《せんさい》なレースに心をときめかせる。どれだけ大きな力を持とうと、血が流れ、怒号が飛び交う戦場など似合わない普通の女の子なのだ。

「俺達の誰かが代わってやれれば良かったんだが……」

その力を羨《うらや》んだことがないといえば嘘になるが、それよりも幼い少女が訓練でボロボロになっていく様《さま》を見続けた兄達は、彼女に憐憫《れんびん》の情を抱いている。

しんみりとした空気の中、オルタンスがふと我に返る。

「ごめんなさい、そろそろ戻らないと……」

自分のクラスの用事や、リゼットを見張る仕事が待っていた。オルタンスは二人に別れを告げ、足早に去っていく。

そんなオルタンスを見送った後、マデリーンとグレゴリーは揃って装飾品が展示されている特別室に向かって歩き出した。

先程の話を聞いて頭に過《よぎ》った可能性に、マデリーンは俯《うつむ》きがちになる。

「マデリーン殿、どうかしたのか？　少し、気分が悪そうだが……」

「え、あ……」

グレゴリーに声をかけられ、しまったとばかりに小さく声を漏らす。

二人は廊下の端に寄って立ち止まった。

「何か気にかかることでもあったのか？」

「あの、いいえ……いえ、そうですわね。先程のお話で、ちょっと考えてしまって……」

グレゴリーの質問に対し咄嗟《とっさ》に否定したものの、思い直してマデリーンは口を開く。

「もし、私達の間に生まれた子が女の子だったら、やっぱり戦場に立たせなければならないのかしら、と思いましたの」

「え」

マデリーンは至極真面目に言ったが、グレゴリーにとってはとんだ爆弾発言だ。婚約してから約半年程度しか経っていないというのに、婚約者が既《すで》に結婚を通り越して子供のことまで考えているのだと知って落ち着かなくなる。

「そ、そうだな。適性があれば、武人としての教育を受けさせることになると思う」

視線を泳がせる彼に気づかず、マデリーンは目を伏せた。

「そうですか……」

「ああ。ただ、ベルクハイツ家はアレッタ以外に女の子が生まれたことがないから、可能性は限りなく低いな。血が薄まった時には生まれるみたいだが、適性のない子ばかりだったはずだ」

ここ三代ほどベルクハイツ家は一人っ子だったため、親戚といっても遠縁になるが、その家の人々を思い出しながらグレゴリーが言う。

「そ、その……、俺の子は多分男の可能性が高い……と、思う……」

語尾に向かうにつれ、その声がだんだん小さくなる。

真剣に悩んでいたため、どうしたのかとマデリーンはまったくの無警戒で視線を上げ、目を丸くした。

そこには口元を手で隠し、赤面した婚約者がいる。

え、何これカワイイ。どうしたのよ、コレ。何があってこうなったの？

思わず令嬢らしからぬ真顔でガン見し、優秀な頭脳を働かせて気づいてしまった。

私、とんでもないことを言いましたわね？

その瞬間、ボッと火がついたかのようにマデリーンも顔を火照《ほて》らせた。

二人の間に奇妙な沈黙が流れる。

赤面したまま視線をウロウロと泳がせ、醸《かも》し出《だ》す雰囲気はオロオロとしている。

甘酸っぱいとしか言いようのない状態だ。幸いなのは、ここが少しばかり道から外れ、人通りが少ない廊下だったことだろうか。

しかし人がまったく通らないわけではないので、老年の淑女が、あらあらと柔らかな微笑《ほほえ》みを浮かべて脇を通り過ぎていった。とても恥ずかしい。

沈黙を破るべくマデリーンは口を開こうとするが、余計なことまで言ってしまいそうだ。言うべき言葉を三度心の中で繰り返し、それを言おうとした、その時だ。

「おや、そこにいるのはグレゴリー・ベルクハイツじゃないか」

マデリーンの言葉を遮《さえぎ》ったのは、痩せぎすで五十がらみの男だった。

学園の歴史学の教師であるマドック・クロスビー教諭だ。

焦《こ》げ茶色《ちゃいろ》が交じる白髪《しらが》頭をオールバックに撫《な》でつけたマドックが、細い目をさらに細くしてニヤリと嫌な顔つきでこちらに近づいてくる。

思わぬ現状打破となったが、喜ばしいものではない。

その証拠に、グレゴリーの眉間《みけん》に微《かす》かではあるが皺《しわ》が寄り、嫌そうな雰囲気を醸《かも》し出《だ》している。

「相変わらず不必要に周りを威圧しているのか？」

「……お久しぶりです、クロスビー先生」

グレゴリーの鋭い目つきやベルクハイツ特有の覇気《はき》に対する嫌味に、マデリーンの目が冷たくなる。

「まったく、ベルクハイツというのはどうしてこう、自分の力を誇示したがるのか。私には理解できんな」

カーン！　と高らかにゴングが鳴った。

ゴングを鳴らしたのはグレゴリーやマドックではない。マデリーンである。

は？　何この男。私の婚約者に対していい度胸じゃない。

マドックはグレゴリーに喧嘩《けんか》を売っていたが、買ったのはマデリーンだ。

ウキウキ楽しいデートに水を差されては堪らない。

「まあ、クロスビー先生。なんて酷《ひど》いおっしゃりよう。私、驚きましてよ」

あからさまに驚いた風情《ふぜい》で言ってやると、マドックは気にした様子もなく芝居じみたしぐさで小さく肩を竦《すく》めた。

「私はただ注意しただけだよ、アルベロッソ嬢。威圧感をまき散らして周囲を怯《おび》えさせるなど、いけないことだ。教師たるもの、教え子を正しく導かねばならん」

卒業生であろうともそれは変わらないという言葉だけは立派だが、教師の身分を笠に着て、一生いびり続けると宣言した様《さま》には小物感しか抱かない。

鬱陶《うっとう》しいマドックの態度に目を細め、マデリーンは言った。

「あらまあ、ご立派ですわね。流石《さすが》は華にお金をかける余裕のある方の言うことは違いますわ」

「華？　なんのことだ」

訝《いぶか》しげな顔をしたマドックに、鈍い男だと思いながら続ける。

「華ですわ。いやだ、ご自分のことではありませんか。本当にお分かりになりませんの？　二十年くらい前でしたかしら？　伯爵家次男に相応《ふさわ》しい女であらんと気を張る奥様に家のことを任せておきながら、先生は華ばかりを愛《め》でてご当主に強く注意されたと聞きましたわ。それからは家のことに注力していたそうですけど、今は再びある店に咲く華にご執心とか。良いご趣味ですわね？」

華が何を指すのか気づき、マドックが青褪《あおざ》める。

マデリーンが華と表現したそれは、女性のことだ。

マドックは二十年以上前に何人もの女性と浮気をし、それがバレて修羅場《しゅらば》となったことがあった。当時のクロスビー伯爵家当主に手痛く忠告されたのだ。その女達に結構な額を散財していたために、当主は嫁の味方をしたのである。それ以降、彼は妻の尻に敷かれることとなった。

そんな事件があり、彼は暫《しばら》く大人しくしていたのだ。しかし、悪癖がそう簡単に治るわけがない。

女を囲うことはしなくなったが、そうした店に行き、若い女に入れ揚げている。

それは当主が兄に代わろうと、知られると都合の悪いことだった。

「そういえば、奥様は華を愛《め》でる男性をお好きではありませんでしたわね。秘密にしておいたほうが良いかしら？　どう思われます、先生？」

微笑《ほほえ》みを浮かべながらも目だけは冷ややかなまま、言葉に敵意を込める。

ここにきてようやく虎の尾を踏んだのだと気づいたマドックは、女の気性の激しさというものを思い出した。

妻でそれを散々思い知っていながら、その教訓を活かさないのだから救えない。

その妻に店通いがバレれば、あの地獄の修羅場《しゅらば》が再び勃発《ぼっぱつ》する。マドックとしても、それだけは避けたかった。

「……そうだな。愛する妻に嫌われるのは私も避けたい。既《すで》に卒業したベルクハイツに構う時間があるなら、その時間は妻に使うべきだろう。――私はここで失礼する」

悔しそうに言い捨てて、素早く逃げるように去る。

その後ろ姿をマデリーンは鼻で嗤《わら》い、グレゴリーは狐《きつね》につままれたような顔で目を瞬《また》かせた。

マドックの華通いの情報をマデリーンに教えたのは、グレゴリーのすぐ上の兄である三男のディランだ。

元々ベルクハイツを嫌っているマドックが、グレゴリーと婚約したマデリーンに面倒を起こす可能性があるかもしれないからと、事前に手紙で知らせ、いざという時に役立てくれと言ってきたのだ。

そもそもこのマドックが何故《なぜ》こうもベルクハイツ家の男達に絡むかというと、どうにもベルクハイツ夫人であるオリアナに惚《ほ》れていて、彼女をベルクハイツ子爵が妻に迎えたことが発端らしい。

実に馬鹿馬鹿しい理由だ。

要は子供に八つ当たりしているだけ。彼の器《うつわ》の小ささが知れる。

しかし、嫌味を言い、小さな嫌がらせじみたことをするだけなので、規格外の力を持つ武人であるベルクハイツ家の男達は彼に手を出せなかった。

そこでディランが、手は出さないが口を出して奴を地獄に沈めてやろうと、マドックの情報を集めていたのだ。悪魔《オリアナ》の血を強く感じさせる所業である。

それがようやく日の目を見た。

マデリーンは軽くいい気味だわと思うだけだが、ディランの思惑《おもわく》ではこれからが本番である。悪事千里を走るとはよく言ったもので、こうして人目が少ないとはいえまったくないわけではない場所で暴露された秘密は、いつか一番知られてはならない人の耳に入るだろう。

ディランはマドックがマデリーンに絡むなら、人目は少なく、けれども必ずそれなりにはある場所でだろうと予想していた。

何故《なぜ》なら、公爵令嬢であるマデリーンが一人になることや、人気《ひとけ》のないところに行くことなど、安全上の理由でそうはないからだ。身分が高く狙われると厄介《やっかい》な身の上であるという自覚を持つ彼女は、そうしたことを意識している。

そして、予想通り人目のある場所で、彼の秘密は外へと漏れた。

学園であろうと貴族社会は存在する。そこに落とされた弱みはいずれディランの思惑《おもわく》通りマドックを地獄に突き落とすだろう。彼が奥方の渾身《こんしん》の一撃をくらうのは、そう遠くない未来のことだ。

そうしてみみっちい男の地獄行きが決定したわけだが、マデリーンやグレゴリーにとってはどうでも良いことである。

二人にとって大切なのは、今、この時だ。

領地からなかなか外に出られないグレゴリーの貴重な時間を無駄にすまいと、マデリーンは気を取り直して言う。

「グレゴリー様、疲れてはいませんか？　アレッタのクラスはカフェをしていますの。せっかくなので、今から行きません？」

「ああ、そうだな。そうしようか……」

ふ、と少し疲れたように小さく息を吐いて苦笑するグレゴリーが頷《うなず》く。

特別室へ向かう道をカフェへ変更し、二人は歩き出した。

カフェで出されている紅茶が美味《おい》しかったと穏やかに談笑していると、不意にグレゴリーが顔を動かさず目だけで辺りを見回す。そして、さりげなくマデリーンの肩を抱いて「こっちから行こう」と進路変更した。

角を曲がったところでマデリーンを後ろ手に庇《かば》い、辺りの気配を探る。

雰囲気の変わった彼に戸惑《とまど》いながらも、マデリーンは何かあったのだと察して大人しくその様子を見守った。

「すまない、マデリーン殿。少し警備の者がいるところに避難してくれ。それから、人をこちらに寄越すように言ってほしい」

「分かりましたわ。お気をつけくださいね」

訳を聞かず、グレゴリーを信頼して素直に頷《うなず》く。彼女は近くにいた警備の騎士のもとへ小走りに駆けた。

その間に、グレゴリーは角を出て目的の人物に近づく。

その人物は、女生徒の服を着ていた。

一見どこにでもいるような記憶に残りにくい顔立ちの少女なのに、平凡な女生徒にしては筋肉が付いている。騎士科に在籍しているならそういうこともあるが、グレゴリーは違和感を覚えた。

ベルクハイツ領ではアレッタを筆頭に武人の女性が数多くいて、彼は筋肉質な女性を見慣れている。それ故《ゆえ》に、異常に気づけたのだ。

グレゴリーは前を歩くそれとすれ違いざまに、暗殺者もびっくりな手際でその人物の意識を狩り取った。

首に受けた衝撃に目を回した女生徒の格好をしたそれの襟首《えりくび》を倒れ際にひっ掴み、手足と喉を見て溜息《ためいき》をつく。

「やはり男だったか」

足が大きく手が男のもので、喉仏があった。

さらに髪に違和感を覚えて引っ張ると、ずるりと落ちて短い髪の毛が出てくる。

周りの者はぎょっとして二人から身を引き、バタバタと足音を立ててやってきた警備の騎士達に道を開けた。

三人組で来た警備の一人が在学時の後輩だったため、グレゴリーは軽く手を上げて挨拶《あいさつ》する。向こうは軽く会釈《えしゃく》を返した。

「先輩、お久しぶりです」

「ああ、久しぶりだな。これの拘束を頼む」

そう言って気絶した女装男を突き出すと、後輩の正騎士は嫌そうな顔をしてその男に手枷《てかせ》を付ける。

「なんでわざわざ女装するんですかね？　普通に男の格好で来いっつうの」

「いや、それ以前に学園に侵入するな、って話だろ」

ぼやきに突っ込まれ、後輩はそれもそうだと頷《うなず》いた。

「先輩、侵入者はこいつだけですか？」

「いや、もう一人見つけたから後を追う。お前達が来たのは、マデリーン殿が知らせたからか？」

「はい、そうです。アルベロッソ嬢は今、別の奴が警備室へお連れしてるかと」

「そうか」

一つ頷《うなず》き、グレゴリーはそっと視線を巡らせる。

もう一人のほうはとても厄介《やっかい》そうだった。この女装男がすれ違いざまに何かを渡している様子を見なければ、それが侵入者と分からないほどに一般人に紛れていたのだ。

「残りは手練《てだ》れだろうから、ついてくるならそれなりに距離を取っていてくれ。いざという時は人払いを頼む」

「分かりました」

小声で告げたそれに、後輩は首を縦に振る。

彼は、仲間の一人に応援が来るまで女装男を見張るように、もう一人には自分についてくるようにと指示を出し、グレゴリーを見上げる。

「戦闘中は手助けしようと飛び出すなんてことをするなよ」

「分かってますよ。手元がくるって壁に穴をあけられたら大変ですからね」

過去ベルクハイツの男達がやらかしたことを例に挙げられ、グレゴリーは苦い顔になり、もう一人の侵入者を狩るために歩き出した。

＊＊＊

グレゴリー達がもう一人の侵入者を捕まえるために動き出した頃、マデリーンは警備の騎士科の生徒に連れられて警備室本部へ向かっていた。

高位貴族の令嬢をこの状況で一人にしておくのは不安であるので、そうした措置が選択されたのだ。

せっかくのデートなのに次から次へと問題にぶつかってしまい、なんとも運がないとマデリーンは心の中で嘆《なげ》く。

おそらくグレゴリー達がいるところは危険地帯になるだろうと、警備の生徒が遠回りで先導した。

前を歩く彼に素直についていくと、少しして思わぬ人物に出会う。

マデリーンは足を止め、警備の生徒に少し待ってもらって、その人物に声をかけた。

「リゼットさん」

「げっ」

それはサーモンピンクの髪色をした今話題の問題児、リゼット・フォルジュ子爵令嬢だった。

彼女はクラスメイトに見張られ、今日一日中クラスでの出し物で働かされる予定だったはずだ。

なのに、ここで令嬢らしからぬ声を小さく上げ、「なんでここに悪役令嬢がいるのよ」とぶつぶつ文句を言う。幸い、マデリーンには聞こえず、おかしな人だと眉根を寄せた。

「リゼットさん、貴女《あなた》確か今日は一日中クラスでの出し物の当番では？」

「い、今は休憩時間なの！」

言い訳はお粗末なものだ。

明らかに嘘だと分かるそれにマデリーンは呆れるが、指摘せずに話を進める。

「そうですか。けれど、お一人で動き回るのはやめたほうが良いですわ。どうも学園内に不審者が侵入しているようです。早くクラスに戻ったほうがいいかと……」

そう告げると、リゼットはパチリと一つ瞬《また》いた後、何故《なぜ》か嬉しそうに口角を上げて「イベント」と呟《つぶや》いた。

そんなリゼットの様子を見て、マデリーンは彼女を一人にすることに不安を感じる。

「いえ、お一人で戻らせるのも心配だわ。クラスまでお送りしますわ」

その心情の内訳は、リゼットの身の安全への心配が一割、残りの九割は彼女が何か余計なことをするのではないかというものだ。

リゼットは一瞬迷惑そうな顔をするも、笑みを作って首を横に振る。

「そこまでしていただかなくて大丈夫です。一人で戻れます」

絶対に戻らないな。

リゼットへの信用は底辺にまで落ちている。彼女の評判を知る者ならその言葉を信じるわけがない。

しかし、マデリーンは一応、さも親切心で言っている体《てい》を取る。

「まあ、そんな遠慮なさらないで。やっぱり警備の方と一緒にいるのが安全よ。一緒に行きましょう？」

そう言って一歩踏み出すと、リゼットが一歩足を引いた。

瞬時に二人の間に緊張感が走り、互いに微笑《ほほえ》み合いながらも相手の出方をうかがう。

哀れな警備の生徒は、少女達の顔面に張り付けた笑みと纏《まと》う空気の冷たさの差に風邪を引きそうになる。

ナゼコンナコトニ？

「恥ずかしい話ですけど、学園に侵入して捕まった不審者の数が今年は特に多かったそうなの。先程も不審者が見つかったばかりで危険だわ。もしかしてクラスへ戻るのが不安？　警備室のほうが良いかしら？」

警備室は文化祭の一日目にフリオが詰《つ》めていた場所だ。しかし、今日はアレッタと共に学園を回っているので、彼は不在である。

それを知らないリゼットは迷う素振りを見せたものの、再び一歩下がりながら言う。

「いえ、警備室なんてお邪魔したらご迷惑になるわ。クラスには一人で戻るから、気になさらないで」

じりじりとこちらと距離を取ろうとする彼女に、マデリーンは困った顔をする。

「ですけど、本当に危険ですのよ？　嫌なことを言いますけど、ここで貴女《あなた》に何かあったら国際問題になりますわ。貴族としてそれは避けなければ。貴女《あなた》も貴族ですからお分かりになるでしょう？」

そう小首を傾《かし》げて言うと、リゼットは実にわざとらしく目を潤《うる》ませた。

「そんな、酷《ひど》いわ！　貴族だから私に自由を与えないって言うの!?」

そんなことは欠片《かけら》も言っていない。

ここで身を守る選択をするのが高位に身を置く者の義務だと言っているのだ。己《おのれ》の身を守りさえすれば国際問題は起こらないのだから、安いもののはず。

警備の生徒も、何言ってんだこいつ、といった風情《ふぜい》で目を丸くしている。

「いえ、そうではなくて――」

「もう放っておいてちょうだい！」

そう言ってリゼットは踵《きびす》を返して走り出し、マデリーンは思わずその後を追った。

「待って、リゼットさん！　本当に危険なのよ！」

リゼットが走り出した方角は、グレゴリーと別れたあの場所の方向だ。

「お待ちください、アルベロッソ嬢！」

警備の生徒も慌ててそれを追う。

しかしリゼットの足は速く、ただの令嬢であるマデリーンではとうてい追いつくことができない。建物を出て低木が茂《しげ》る庭を突っ切る頃には、彼女の後ろ姿は遠く、ともすればすぐにでも見失いそうだった。

「はっ、はっ……、無理だわ、私では追いつけない……。ねえ、私のことはいいわ。リゼットさんを追って」

「ですが……」

息を切らして言うマデリーンに、警備の生徒は迷う。

「さっきリゼットさんにも言ったけれど、彼女に何かあれば国際問題になるかもしれないわ。お願い、行ってちょうだい」

「……分かりました。ですが、すぐに人の多いところへ行くか、警備室へ向かってください。ベルクハイツ家の男が貴女《あなた》の安全を確保してから動いたということは、厄介《やっかい》な相手がいるということでしょうから」

そう言い置いてから、彼はリゼットを追っていった。

マデリーンはそれを見送り、とにかく息が整うのを待つ。

その間にぼんやりと辺りを見回し、遠目に四阿《あずまや》を発見してここが裏庭であることを知った。

「随分《ずいぶん》、予定から外れた場所に来てしまったのね……」

当初の目的地である警備室からかなり離れてしまい、溜息《ためいき》をつく。

いつまでもここにいるわけにはいかないので、四阿《あずまや》に向かって歩く。四阿《あずまや》からは校舎へと舗装された道が延びているため、そこから戻ろうと思ったのだ。

けれど、それは叶わない。

走るなどという慣れないことをしたせいで疲れていたため、マデリーンは注意力が散漫になっていた。だから、騒ぎが近づいてくるのに気がつかなかったのだ。

「——マデリーン！　逃げろ！」

響いた声に驚く。

振り向いた先に、見知らぬ男がいる。

それが、酷《ひど》く冷たい目でこちらに手を伸ばしていた。

第四章

時は少し遡《さかのぼ》る。

グレゴリーは距離を取った後ろに正騎士達を従え、件《くだん》の厄介《やっかい》な侵入者へ近づき、話しかけた。

「失礼、少し良いだろうか?」

「はい?」

振り向いたのは、どこにでもいそうな中年の男だ。平凡すぎて特徴がなく、人相書きで苦労する顔である。

「先程女生徒に扮した変た——変質者が捕まったのだが、貴方はその者とやり取りをしていただろう。あの変質者について何かご存じだろうか?」

思わず変態と本音が出かかったが、それを言い直し質問すると、男は迷わず飛びずさり、そのまま逃走した。

あれはプロだ。判断が速い。

「警備！　避難誘導！」

「了解しました！」

端的に指示を出して、グレゴリーは追いかける。

男はあっという間に人波を縫い、建物の外へ出た。学園の広すぎる庭を駆け、どんどん人気《ひとけ》のないほうに向かう。

おそらく学園の外へ出たいのだろうが、それをするにはグレゴリーとの距離が近すぎた。

撒《ま》くことはできず、ただ逃げ回るしかない。

そうして追いかけっこをしているうちに裏庭へ辿り着く。

そこは人がおらず、ひっそりとしていた。

裏庭と言うだけあってあまり派手な植物は植えられておらず、そこそこ整えられた庭木と見栄えの良い低木のみがある。校舎から舗装された道が四阿《あずまや》へ延びていた。

そうした華のない場所なので、普段から人気《ひとけ》がなく文化祭の最中でも変わらぬ静けさである。

そこに隠密行動に慣れた手練《てだ》れの裏の人間と、魔物に気づかれぬよう気配をある程度消せる人間がやってきた。

だからこそ、気づかなかったのだ。

偶然そこにいた普通の令嬢であるマデリーンには、彼らがすぐ傍《そば》まで来ていたことが分からなかった。

男は明らかに高貴な出と分かる令嬢を見つけ、上手《うま》く使えばこの膠着《こうちゃく》状態を崩せると手を伸ばす。

しかし、彼女は彼を追いかけてきている化け物《グレゴリー》の逆鱗《げきりん》である。

見知らぬ男に手を伸ばされ、マデリーンは「ひっ」と小さく悲鳴を上げて反射的に一歩後ずさった。

本当なら、そのまま踵《きびす》を返して走って逃げなければならないところだ。非力で運動能力がない彼女はいつかは必ず捕まるだろうが、それでもその動作が重要だった。逃げている間に助けが入るかもしれないのだから。

けれど最適な行動はできずとも、彼女が取った行動も無駄ではなかった。

後ずさったたった一歩も、重要な距離だ。

そのあと一歩の距離で、男の肩にナイフが刺さる。

それは、男を追う者が投げたものだ。

痛みに動きが鈍くなった男が後ろを見遣ると、そこには怒りに顔を歪《ゆが》ませる化け物《グレゴリー》が拳《こぶし》を構え——

——ゴギャァァァッ!!

男の頬に拳《こぶし》が叩き込まれ、ひしゃげる。

足が浮き、その勢いのまま四阿《あずまや》へ突っ込み、男の体が柱を二本へし折った。

——ドゴォォォ!!

四阿《あずまや》の柱は全部で四本。当然、四阿《あずまや》は一気に崩れ、男は瓦礫《がれき》の下に埋まる。

マデリーンは尻もちをつき、己《おのれ》の横を飛んでいったそれのせいで崩壊した四阿《あずまや》を唖然《あぜん》として見る。

「マデリーン殿！　無事か!?」

両肩を掴まれ慌てて正面に視線を戻した。そこには可愛い大型犬——ではなく、珍しく表情筋を大いに動かして心配そうにこちらをうかがっている婚約者がいる。

まあ、珍しい表情！

先程の怯《おび》えをその図太い神経——否、愛の力で吹き飛ばし、マデリーンは愛しい婚約者へにっこりと笑みを浮かべた。

「ええ、大丈夫ですわ。ちょっとびっくりしただけですもの」

そう言われても安心できないのか、グレゴリーはマデリーンの顔色を確認するように

じっと彼女を見つめる。暫《しばら》くして本当に大丈夫なようだと納得してほっと息を吐いた。

彼が落ち着いたみたいなので、マデリーンはそっと彼の前に手を差し出す。

何を求められているのかすぐに察したグレゴリーはその手を取り、立ち上がる補助をした。

立ち上がった後、マデリーンがスカートについた汚れを軽く払っていると、バタバタと数人の正騎士達が走ってくる。

「グレゴリー先輩、侵入者は生きてますか!?」

ベルクハイツの男がどういう認識をされているかありありと分かる言葉だった。

四阿《あずまや》が崩れた音を聞いての言葉だろうが、壊したのがグレゴリーであることを欠片《かけら》も疑っていないようである。

「あー……、多分……？」

「あちらに埋まっていますわ」

少し自信のなさそうなグレゴリーの言葉を継ぎ、マデリーンが瓦礫《がれき》の山を指さす。

正騎士達は、ヤッパリナーという顔をしながら礼を言って瓦礫《がれき》の山へ向かった。

それを見送り、マデリーンはグレゴリーに尋ねる。

「グレゴリー様はお怪我はございませんの？」

「ああ、大丈夫だ」

軽く微笑《ほほえ》むグレゴリーを上から下までじっくり眺めて、嘘ではなさそうだと頷《うなず》く。

「ところで、マデリーン殿はどうしてここにいるんだ？　付き添いの警備の者はどうした」

グレゴリーの疑問はもっともだ。マデリーンはきちんと己《おのれ》の立場を理解し、相応《ふさわ》しい行動を取れる人間なのだから。

彼女は苦い顔でこれまでに起きたことを話す。

「それはまた……随分《ずいぶん》と……」

リゼットの問題児ぶりを聞いてはいたが、改めてこの文化祭でやらかしたことを聞いてドン引きしたのか、グレゴリーが口元を引きつらせる――その時だ。

――ゴシャァァァ……

遠くから聞こえた破壊音に、二人は目を丸くした。侵入者を瓦礫《がれき》の下から引きずり出す作業をしていた正騎士達も驚いて、自然とグレゴリーのほうへ視線を向ける。

グレゴリーに視線が集まる中、マデリーンがポツリと零す。

「……アレッタでしょうか？」

確証もないのに、そうなんだろうなー、という空気が流れ、グレゴリーは反論せずに項垂《うなだ》れたのだった。

第五章

瓦礫《がれき》を撤去し、侵入者をその下から引きずり出す。

グレゴリーに殴られ、瓦礫《がれき》の下敷きになった侵入者の生存は絶望的だと皆は思っていたのだが、なんと男には息があった。

「うっそだろ、生きてるぞ」

「ギリギリだけどな」

「なんてしぶとい野郎だ」

気を失っている侵入者に正騎士達は驚きつつも、死なない程度に治癒魔法をかけて枷《かせ》を付ける。今意識を取り戻されても面倒なので、そのまま起こすことなく牢に運んだ。

その様子を見守りながら、マデリーンは溜息《ためいき》をつく。

このぶんだと事情聴取などでデートは中止だろう。

残念に思いながら、隣に立つグレゴリーの顔を見上げた。

彼は、騒ぎを聞きつけてやってきた若い騎士とこれからのことを話している。

「――では、アレッタのほうにも手練《てだ》れの侵入者が？」

「はい。そちらはアレッタ嬢が捕まえてくれましたので良いのですが、まだいるかもしれず、巡回の人数と回数を増やしています。ただ、この騒ぎでは、そうした者は学園外に逃げている可能性が高いとのことです」

「まあ、そうだろうな」

その後、正騎士から事情聴取への協力を求められ、案の定デートの中止が決定した。

仕方がないとは思いつつも、納得できないのがデートを楽しみにしていた乙女心というものである。

これはもう残り時間に匹敵する思い出が必要なのでは、と考えるマデリーンは図太い。今さっきまで陥《おちい》っていた危機的状況を既《すで》に乗り越えている。

第三者がそれを知れば、彼女は本当に蝶《ちょう》よ花よと育てられた貴族のご令嬢なのだろうかと驚き、疑問に思うだろう。

おかげ様で、心の傷になってやしないかとマデリーンの様子をさりげなくうかがっているグレゴリーの心配が、杞憂《きゆう》となってしまっている。

さて、そんなマデリーンなので、こうなれば今すぐに思い出を作るべしとばかりに隣に立つグレゴリーに近づき、するりと腕を絡めた。

デジャヴ！

グレゴリーはいつかの再現の如《ごと》き彼女の行動に、ガチリ、と身を固める。

くるぞ……、爆弾がくるぞ！

戦場で鍛《きた》えられた第六感が警鐘を鳴らしていた。

「ところでグレゴリー様」

「な、なんでしょうか……」

思わず敬語になったグレゴリーである。

「危機的状況を乗り越えた男女であれば、やはり抱擁《ほうよう》の一つもあるのが当然かと」

「え」

ポカン、とした表情の彼をマデリーンは艶《つや》やかに流し見て、告げる。

「今回はせっかく鎧《よろい》がないのですし……ね？」

そう言われ、グレゴリーは前にマデリーンが攫《さら》われて救出した際にした抱擁《ほうよう》を思い出した。

「マ、マデリーン殿？」

身を離し、さあ、と腕を広げる彼女に動揺し、思わず腰が引ける。

対するマデリーンは、慌てまくる可愛い婚約者にニコニコと笑みを向けた。

助けを求めるかのようにグレゴリーが視線を彷徨《さまよ》わせるが、警備の人間達は侵入者を連行して今まさに撤収しようとしており、唯一目が合った後輩にはイイ笑顔でサムズアップされる。

その後、顔を赤くして狼狽《うろた》えるグレゴリーがどうなったかというと、マデリーンがその夜にポツリと零した「筋肉って案外柔らかいのね」という一言に集約されていた。

＊＊＊

「――それで、今回の大量の侵入者の件なんですが、どうもリゼット・フォルジュ嬢が関係しているみたいです」

そう教えてくれたのは、マデリーン付きのメイドであるメアリーだった。

文化祭が終了した翌日の午後にはそれなりに詳細な裏事情を集められることから、彼女の優秀さが分かる。

彼女が集めてきた情報では、リゼットはマデリーンが見失った後、もう一つの騒ぎであるアレッタ達のもとに辿り着き、人質にされたらしい。

その際に彼女がこの学園に外部の人間を違法に入れたのだと示唆する言葉を零したそ

うで、現在王城にて取り調べ中だ。

「あの方、とんでもないですよ。警備の生徒達の見張りをどうやってか撒《ま》いたかと思えば、一階にあるパウダールームの窓から逃げたらしいんです」

「えっ」

普通の貴族の令嬢が窓から脱出するなんて、命に関わるような緊急事態でない限りあり得ないことだ。

信じられない、とばかりにマデリーンは目を丸くする。もっとも、彼女が知らないだけで、二階の窓から木に飛び移った女生徒もいるが、まあ、知らぬが仏だ。

マデリーンは綺麗な指で卓をコッコッと叩く。

「……まず、リゼットさんの手引きで侵入者がいたことは確定なのよね？」

「詳しいことは分かっていませんが、無関係ではないそうです」

そうなると、リゼットのカルメ公国への強制送還は確実だ。

貴族の子弟が通う学園内にあれだけの人間を侵入させたのだから、事《こと》は国家間の問題にまで発展している。罰は自国で受けるだろうが、まず表社会に出てこられないだろう。

しかし、カルメ公国も、こうなってしまえば少しでも己《おのれ》の利になる落としどころを探すに違いない。ならば、彼《か》の国はどう動くか……

「フォルジュ家はお取り潰しのうえ、国が接収かしらね。確かダンジョンがあるようだから、信頼できる者に管理してもらわなければならないわけだし……」

あの国は王太子がとある下級貴族の娘に入れ揚げ、オルタンスと婚約を解消している。マデリーンが集めた情報によると、王太子は彼女との婚約が解消されていることを知らないらしい。しかも、間抜けなことに彼はオルタンスが留学していることすら気がついていないのだ。

そんな愚かな男なので、いつかこのウィンウッド王国で起きた珍事と同じことをしそうだとマデリーンは思っていた。

なお、それが大当たりだと知るのは、数か月後のことだ。

そうしたことから、あの土地は新たに王太子になるだろう側室腹の第一王子が処理するはずだ。上手《うま》く己《おのれ》の派閥の者に任せるか――

「オルタンス様のご実家が出てきそうね」

あれはなかなか旨味のある土地なのだ。

何せ、ホワイトジゼン草という薬草の栽培に成功しており、その技術ごと手に入ればかなりの利益になる。

現王太子から受けた被害の程度によっては、ルモワール公爵家が慰謝料代わりに持っていきそうであった。

「事《こと》をスムーズに収めるなら、オルタンス様を利用したほうが良いわね。そうすると、リゼットさんはオルタンス様を狙って刺客を学園に招き入れた、というふうになりそうだわ」

真相がどうであれ、そういうことになるだろう。

しかし、それにしても……

「リゼットさんは、何を思ってあれだけの人数を学園に侵入させたのかしら？」

まさか自作自演でフリオとのイベントを起こそうとしていたなどと想像もできず、マデリーンは小首を傾《かし》げたのだった。

エピローグ

あの文化祭から数日後。マデリーンは何故《なぜ》かベルクハイツ夫人と町にあるカフェの個室でお茶をしていた。

なんでも夫人は王城に用があったらしい。その用事が無事に済み、せっかく王都に来たので未来の嫁とお茶をして帰ろうと思ったそうだ。

「グレゴリーは羨《うらや》ましがるでしょうね」

「はあ……」

ニヤ、と嗤《わら》う彼女の姿は美しいが毒がある。文化祭でのデートがトラブルのせいで中途半端に終わった息子を煽《あお》る気満々だ。

「ちょっと忙しくしていたのだけど、ようやくその目途《めど》が立った途端、あの子達が四阿《あずまや》と渡り廊下を壊したっていうじゃない？　もう、どうしてやろうかと思ったわ」

あれこれと仕事が忙しく、ようやく一息つけると思ったところに学園から連絡がきて、壊したものの弁償に関して手を回さなくてはならなくなったのだ。あの時は疲れのあまり、オリアナは天を仰《あお》いだくらいだ。

「本当に、あの子達はそれぞれが学園に入るごとに何か壊して仕事を増やすんだから……」

彼女が零すのは愚痴だ。マデリーンは苦笑しながら聞き役に徹する。

そうして暫《しばら》くブツブツと愚痴を吐くと、オリアナは気が済んだように一つ溜息《ためいき》をつく。

そして、話題を変えた。

「そうそう、マデリーンさんに話しておこうと思っていたことがあるのよ」

そう言って切り出したのは、文化祭での騒動の顚末《てんまつ》だ。

なんでもリゼットはフリオとの仲を進展させるためだけに裏社会の人間を雇い、学園に侵入させせたらしい。

「けど、妙に手練《てだ》れの侵入者は彼女の手の者じゃなかったのよ」

彼らは、文化祭準備期間中に下見として侵入させた人員が次々に捕まっていった原因を突き止めるために送り込まれた人間だったようだ。

それにぶち当たってしまったマデリーンは、迷惑な話だと顔をしかめる。

「それから、あの小娘はオルタンス様を狙って刺客を招き入れたことになっているわ」

「ああ、やはりそうなりましたか。そちらのほうがらしいですものね」

オルタンスの――ひいては国家間の思惑《おもわく》を察していたマデリーンは、苦笑する。男の気を引きたかった貴族の令嬢が国家間に亀裂を入れかけたなど、諸外国には知られたくない案件だ。あまりにも馬鹿馬鹿しすぎる。

「オルタンス様はこのまま王太子殿下へ輿入《こしい》れなさるでしょうね。あの方が王妃様になってくださるなら嬉しいわ」

「あら、お気に召されたのですか？」

マデリーンとしても、聡明な彼女は好きなほうだ。

そんなマデリーンの考えをよそに、オリアナは美しくも悪辣《あくらつ》に嗤《わら》った。

「ええ。あの方なら王太子殿下の無駄吠えを上手に宥《なだ》めすかしてくれそうだし、我が領に突っかかる暇があるなら他のことに労力を割《さ》きたいと思われるでしょうしね」

その言葉にマデリーンはぎょっとする。オルタンスに対してオリアナは何かしたというのだろうか。

オリアナはなおも楽しげに言う。

「ふふ。良いお付き合いができそうで良かったわ」

結局何があったのかは知らされず、話題が逸《そ》れる。そうして将来の義母娘のお茶会は和《なご》やかに終わった。

オリアナが何をしたのかをマデリーンが知ったのは、グレゴリーの手紙でだ。

「ホワイトジゼン草の栽培方法を抜いてくるなんて、流石《さすが》はオリアナ様だわ……」

ホワイトジゼン草はリゼットの実家であるフォルジュ家の一大特産品であり、生命線だ。かの薬草は栽培方法が分からず、その生産をフォルジュ家が独占していたのに、今回のことでベルクハイツ家に流出した。

「これ、リゼットさんが馬鹿なことをしなくても、フォルジュ家はいずれ没落していたでしょうね」

あのやり手の夫人である。販売ルートを押さえ、近いうちに乗っ取っていただろう。そして、今回フォルジュ家を潰すことで利益を得ようとしていた者達にとっても、これは痛手になったはずだ。

そこで気づく。もしかすると、オルタンスの実家——ルモワール公爵家がフォルジュ家のそれを本当に狙っていたかもしれない可能性に……

おそらく漁夫の利程度の心持ちだったろうが、目の前で獲物をかっ攫《さら》われた状態だ。大貴族たる公爵家のプライドがさぞ傷ついたに違いない。

「けどねぇ、これ、ベルクハイツ家が先に目を付けていた獲物だったわけだし……」

リゼットに喧嘩《けんか》を売られたが故《ゆえ》の報復だ。原因はそれなのだから、ルモワール公爵家がどうこう言う権利はない。

「ああ……、これは考えれば考えるほど厄介《やっかい》だわ。今回の件で、オルタンス様ならオリアナ様を敵に回すのは避けるでしょうね」

流石《さすが》はベルクハイツの悪魔だと、しみじみと感心する。

是非《ぜひ》ともこんな有能な淑女になりたい。

王太子が聞けばやめてくれと懇願《こんがん》し、婚約者が聞けば困ったように笑うだろうことを考えながら、マデリーンはグレゴリーの手紙に再び視線を落とす。

そうした一連の騒動の顛末《てんまつ》以外では、オリアナにマデリーンとの未来の義母娘デートを散々自慢され、煽《あお》られたことが書かれていた。

直接的な表現ではないのに、滲《にじ》み出《で》る羨《うらや》ましさ、悔しさが隠しきれておらず、マデリーンの口角が上がる。

本当に可愛い人ね、とにやつく口を扇《おうぎ》で隠しながら考えた。

次に会えるとしたら、やはり冬休みになるだろう。

冬の王都は社交界が賑やかになる。農地の収穫が終わり、領地間の道が雪に閉ざされるぶん仕事が減るその間に、貴族間の交流を持とうとするのだ。

「私がベルクハイツに求められているのはそうした交流会に出て顔を繋ぐことだし、これは外せないわ」

　しかし、グレゴリーには会いたい。

「どうにかして時間を作らないと。お父様に連絡を取って、メアリーと相談して……」

　計画を立てつつ、頭の片隅で別の件についても考える。

　腕を組んでデートをして、抱擁《ほうよう》もした。ならば、次はなんだろうか……

　やるべきことのピックアップが終わり、思わず呟《つぶや》く。

「次は、口づけかしら……」

　零れた言葉に、赤面する。

　やだ、私ったらはしたない！

　オロオロしながらキャーキャーとはしゃぐなどという器用なことをしながら、マデリーンは冬休みを指折り数えて待つ。

　しかし残念ながら、その冬休みで彼女は望みを叶えられなかった。

　ベルクハイツの宿命というべきか、トラブルに愛されているかの如《ごと》くそういう雰囲気の時に限って邪魔が入るのだ。

　ただでさえ硬派で照れ屋な婚約者は抱擁《ほうよう》だけで耳まで真っ赤になるというのに、そういう機会は滅多に訪れず、機会を逃せば彼がマデリーンに積極的に手を出すはずもなく……

マデリーンが愛しい婚約者殿の唇にようやく触れることができるのは、結婚式での誓いのキスであることを、この時の彼女は知る由《よし》もなかった。

愉快なベルクハイツ領編

ベルクハイツ領には領軍が詰《つ》める砦《とりで》がある。

そこでは魔物の脅威から町を守るため、常に屈強な戦士が己《おのれ》を鍛《きた》える日々を過ごしていた。

そんな武骨なイメージしかない砦《とりで》だが、ある一角に何故《なぜ》か薔薇園《ばらえん》がある。

それは、ベルクハイツ家始まって以来、初めて女の子が生まれた時に、とある部隊がお祝いと称して提案し、作られたものだ。

その提案をしたのが、ベルクハイツ領軍の色物部隊、魔物討伐軍第十六部隊――通称『漢女《ヲトメ》部隊』である。

『漢女部隊』とは、所謂《いわゆる》オネェが集まった部隊だった。

彼女らは見かけこそ筋骨隆々《きんこつりゅうりゅう》の逞《たくま》しい体をしているが、中身は花も恥じらう乙女だ。……その花は食虫植物的なアレですか、とは聞いてはいけない。

ここ、ベルクハイツ領では、実は彼女達のようなオネェ様やオニィ様、または開けてはいけない扉をオープンした人間が一定数存在する。それもこれも、この地がすぐ傍《そば》に戦場がある、死に近い場所だからだ。

そういうオープンしちゃった人間は、特に戦場に出る兵士だった者が多い。

彼らは己《おのれ》の死を感じたその瞬間に、もっとあんなことやこんなことをすれば良かったと後悔し、生還した際に爆発するのだ。

ベルクハイツ領の人間は、好きなことをすれば良いと彼らを温かく受け入れている。

まあ、稀《まれ》にトンデモネェ人間が誕生するのには遠い目になるが……。

何はともあれ、そんなオネェ様達はいずれお嬢様をお招きし、一緒にお茶をするのだと言って頑張った。

雇われた老齢の庭師に薔薇《ばら》の世話の仕方を聞き、彼の指示に従ってできる範囲で世話をする。そして、ついにお嬢様——アレッタが十歳の時にそれを叶えたのだ。

彼女達はその時のことを今でも鮮明に覚えている。

小さな淑女はまじまじと自分達を見て一つ頷《うなず》き、弾けるような笑顔で言った。

「はじめまして、オネェさま達！　アレッタ・ベルクハイツと申します！」

オネェ達は動揺した。今まで自分達を見てこんなに素直な笑顔を見せた少女はいなかったのである。

彼女達は少々子供受けが悪い。

どうにも子供にとっては、この鍛《きた》えられた肉体美や磨き抜かれた美しさが理解しづらいようで、遠巻きにされ、悪くすれば泣かれるのだ。——まあ、たまに悪ガキが揶揄《からか》うようなことを言うのだが、その時はお望み通り構ってやることにしている。

漢女部隊の隊員達はポジティブなナルシストという最強生物なので、そうやって子供に逃げられようが、大人に引かれようが、「私達が美しすぎるばっかりに近づきがたいのね……」と、心にかすり傷すら負わず、我が道を歩いている。

しかし、やはり子供には素直に好かれたいとも思っていた。故《ゆえ》に、アレッタの反応は彼女達にとって、とても好ましいものだったのだ。

どれだけ好ましいかというと、顔を合わせるたびにお茶に誘い、菓子を与え、彼女が部隊を任される前から直属部隊にしてくれと嘆願書を出すくらいである。それはもう可愛がっていた。

そんな可愛がっていた少女が婚約した時も盛大に祝ったし、結婚式のブーケには薔薇《ばら》園《えん》の薔薇《ばら》も使ってもらおうと盛り上がった。

しかし、そんなある日、もたらされた凶報に、彼女達は憤怒《ふんぬ》の声を上げる。

なんと、彼女達の大切なお姫様が、婚約者に浮気された末に婚約を解消することになったというではないか。

オネェ様達はドスの利いた恐ろしく低い声で「野郎ブッ殺してやる！」だとか、「タマはいらねぇようだなぁ!?」とか、うっかり地を出して怒りの咆哮《ほうこう》を上げた。

周りの兵達が「やべぇもん見た」とばかりに蜘蛛《くも》の子を散らすかの如《ごと》く全力で逃げたことから、その絵面の酷《ひど》さはお察しである。

結局、アレッタの元婚約者候補だったフリオとめでたく纏《まと》まったことでその怒りは多少鎮火したものの、タマを取ってやりたいという思いはまだあった。取るのはなんのタマかとは聞いてはいけない。

そうやって怒りを燻《くすぶ》らせていたところに、根性を叩き直すために件《くだん》の浮気男を領主様がお持ち帰りしてくるというではないか。

この知らせに、オネェ達のみならず、ベルクハイツ領軍は燃えた。

是非《ぜひ》ともその役目を我が隊に、と嘆願書を提出する部隊が後を絶たない。

漢女部隊もまた同じように嘆願書を提出した。しかし、残念ながら奴はベルクハイツ家長男の部隊に配属されることとなる。

薔薇園《ばらえん》でお茶会をしながら、「残念ねぇ」と溜息《ためいき》をつく隊員達だったが、彼女らの隊長——デリス・モンバートンは言った。

「でも、あの浮気男の根性を叩き直す機会がないわけじゃないわ」

デリスは青い瞳に、見事な金髪ドリルヘアーを持つオネェ様だ。

そんな彼女は筋骨隆々《きんこつりゅうりゅう》な立派な体躯《たいく》の持ち主で、その自慢の肉体はレースをふんだんにあしらった青い騎士服に包まれている。

手が大きすぎるために小さく見える白磁のカップをソーサーに置き、金髪ドリルゴリラ《デリス》はキリッとした顔で告げた。

「部隊同士の合同演習で対戦相手になればいいのよ」

その言葉を聞いて、ウツクシキゴリラ達はその手があったかと沸く。

「アラ、じゃあ早く申請しなきゃね。他にも気づいた部隊が立候補しちゃうわ」

そう言ったのは黒髪をショートボブカットにした副隊長のセルジア・ウォーレンだ。

巷《ちまた》ではピンヒールモンスターと呼ばれているオネェ様である。

彼女は赤いピンヒールブーツを好んで履いており、戦場ですらそれを脱がず、むしろ特注で特殊加工されたそれで魔物を踏み抜いている。

おかげ様で周りの男達はビビり散らし、赤いハイヒールやピンヒールへの夢を壊されていた。

そんなピンヒールモンスター《セルジア》は「じゃあ、申請書持ってくるわね」と言ってその場を後にし、残された面々は演習でどういうふうに攻めるかを相談する。

「あの浮気男をゲイル様の部隊が起用するとしたら、どのポジションかしら」

「普通なら場慣れするまでは後衛だけど、あの男の性根次第では前線スタートかもしれないわ」

「ああ、お守り付きのアレね」

「一定数ナマイキ君がいるものね」

それなりに強かったりすると、自分の力を過信して上の言うことを聞かない者が出てくるのだ。そういった者はまず先に演習などの比較的安全な場所で心を折る。

そして、そうした洗礼を受けても変わらなければ、漢女部隊に送られるのだ。

「そう言えば、アナタも最初はナマイキ君だったわね」

「ヤダ、そんなの昔の話でしょ」

今では立派なレディよぉ、と言う隊員は、昔は女遊びが酷《ひど》く、ヘラヘラとした無責任な若者だった。命令違反を繰り返し、反省の言葉は口先だけ。このまま軍の外に放り出しても面倒な問題を起こしそうだということで、漢女部隊に放り込まれた。

実はこの漢女部隊、入ると七割の確率で何故《なぜ》かオネェ化するのだ。

その性根を叩き直してやるとオネェ様に可愛がられた彼もまた、見事にその七割に該当し、部隊に染まり切って今では立派な戦場の漢女の一人となった。

漢女部隊の隊員の約半数がそうした経緯で所属している。ベルクハイツ領軍の漢女部隊は、戦慄《せんりつ》と恐怖の代名詞だ。おかげ様で漢女部隊送りにするぞ、と言えば大抵の奴は大人しくなる。それでもやらかす愚か者だけが漢女部隊行きになるのだ。

使えない問題児をやべぇけど使える漢女にすることをためらわない上層部に、ある意味畏怖《いふ》を感じるとは誰の言葉だったか。

漢女部隊の存在を知って「やべぇな」と思った奴は正常である。「馬鹿みてぇ」と嗤《わら》った奴がいずれ漢女部隊行きになる問題児だ。

そんな阿呆共に「アレがお前の未来の姿ですよ」という言葉を通り魔的に落としていくのが、ベルクハイツ家の三男坊だ。

彼には裏でそっと囁《ささや》かれる『地獄からの使者』という二つ名がある。何故《なぜ》そんな二つ名が付いたかというと、彼が人事の一端を握っているためだ。

そう、人事。……人を異動させる、人事。

つまり、そういうことである。

勇猛果敢で鳴らす領軍の男達をビビらせる漢女部隊に目を付けられた浮気男——ルイ

スの今後は、まあ、大変になることは間違いなかった。

＊＊＊

さて、その問題のルイス・ノルトラートは困惑していた。

ベルクハイツ領に転属となって早一か月。愛のためとはいえ、多方面に迷惑をかけての異動に文句はない――否、文句を言う資格がなかった。

事《こと》の発端が、婚約者がいるにもかかわらず、彼がレーヌ・ブルクネイラ公爵令嬢の手を取ったことにある。

レーヌは学園主催の舞踏会で彼女の婚約者であるアラン王太子から理不尽な糾弾を受け、果てには国外追放を言い渡された。その時の彼女の凛《りん》としながらも儚《はかな》く頼りない姿を見て、居ても立ってもいられずルイスはその手を取ったのだ。

結局、国外追放の命は取り消され、愛する彼女はその地位を捨てずに済む。けれど、ルイスが公《おおやけ》の場で彼女と共に国を出ていくような発言をしたことから、立場が悪くなった。

それは彼が国の重要人物であるベルクハイツ子爵の娘――アレッタの婚約者だったせ

いだ。

ルイスはそうしたことからベルクハイツ子爵の怒りを買い、ベルクハイツ領への転属が決まった。

ベルクハイツ領はしょっちゅう魔物の氾濫《スタンピード》が起きる地。それを利用して、不幸な事故を起こされるのだと、当初ルイスは考えていた。

しかし、どうやらそれは違うらしい。

その証拠に、つい三日前に起きた魔物の氾濫《スタンピード》では「新人のお前は足手まといだ。砦《とりで》で待機していろ」と所属部隊の先輩に言い渡された。おかげ様でルイスは今日も五体満足で訓練に参加している。

それでは、彼だけ過酷な訓練を課せられて虐《しいた》げられているのかといえば、それもない。

確かに訓練は過酷でキツイが、かなりギリギリを攻められているものの、実のところ先輩の騎士や兵達のほうが余程ハードな訓練をしている。いじめなどはあり得ない。

けれど厳しい目で見られているのには変わりなかった。

この一か月で領主一家がどれほど慕われているのか、ルイスは思い知らされている。

ならば、その厳しい目は甘んじて受けるべきだろう。

そう、思っていたのだが――

「ノルトラート、生き残れよ」

「気を強く持つんだぞ」

何故《なぜ》か今は同情されている。

突然このような対応を取られるようになり困惑しきりのルイスがその理由を知ったのは、翌日の部隊同士の模擬戦でのことだ。

「ルイス・ノルトラート！　アナタの根性、叩き直してさしあげますわ！」

筋骨隆々《きんこつりゅうりゅう》の金髪ドリルオネェゴリラというとんでもねぇ化け物に、そう高らかに宣言されたのだ。

金髪ドリルオネェゴリラはそれだけ言うと、さっさと自陣に戻る。後にはなんともいえぬ空気が漂《ただよ》った。

エッ、何あれ？

と未知との遭遇を果たしたルイスに、同じ部隊の先輩達がしょっぱい顔で教えてくれた。

「あれはアレッタ様直属の魔物討伐軍第十六部隊――通称『漢女部隊』だ」

かつての婚約者の直属部隊と聞いて思わず身を固くする。しかし、再び彼らを視界に入れると、どうしても困惑が強くなった。

「あの……、何故《なぜ》あの方達は女性のような化粧をしていらっしゃるのですか？」

「あー……」

王都にいなかったタイプの人間なんだろうな、と容易に想像できるその質問に、問われた先輩騎士がどう答えたもんかと口ごもる。

「心がレディなだけです」

そんな彼の代わりに答えたのは、いつの間にやら来ていた、ベルクハイツ家三男のディランだ。

「あ、これはディラン様。お疲れ様です」

先輩騎士の言葉に鷹揚《おうよう》に頷《うなず》き、ディランがルイスに向き直る。

「彼女達はアレッタの直属部隊ですが、妹は学生ですからね。学園を卒業するまでは私の下に仮所属となっています。彼女達と関わる時は、武の心得があるレディとして扱いなさい」

それが一番間違いがないとディランは言うが、先輩騎士はそれが一番難しいと教えてくれた。

だってあれ、よく分からない生き物なんだもん。

彼には漢女部隊以外のオネェの知り合いがいるらしいのだが、明らかに違う生き物だそうだ。ナルシストポジティブモンスターの相手は常人には難しい。

実際それができているのは、アレッタとディランくらいのものである。他は割とグダグダだ。

そのせいもあり、彼女達にとってはアレッタは妹、もしくは娘扱い。ディランは最初こそ戸惑《とまど》っていたが、今では漢女部隊を完璧にレディとして扱っているため、理想の王子様扱いされている。

さて、そんな彼女達に目を付けられたルイスだが、内心はどうあれディランの指示に従うべく了解の意を返した。

ディランはその返答によろしいと頷《うなず》き、自陣たる漢女部隊のほうに戻っていく。

それを見送り、先輩騎士が言う。

「とりあえず、お前さんは一応前線だが、後ろに下がりやすい場所に配置されるから、駄目だと思ったら変な意地を張らずに即座に下がれよ。いいか、即座に、だからな」

即座に、を強調する彼の目は恐ろしく真剣だ。

「あいつらの戦い方は結構独特でな、初見だと色々刺激が強いんだ。どうにか理性を保って、背を向けて逃げるような『敵前逃亡』はしないでくれよ」

火に油を注ぐだけだから。

ルイスはその忠告に素直に頷《うなず》いたが、それがいかに難しいかを数十分後に知ることとなった。

＊＊＊

ベルクハイツ領の演習場は城壁の外にある。

『深魔《しんま》の森』から離れているものの、稀《まれ》に演習中に魔物が乱入することもあった。しかし、領軍はそれを平気な顔をして狩り、昼飯に一品追加する程度には図太く逞《たくま》しい。

そんな彼らでも、今の目の前の脅威には腰が引けていた。

「うぇぇ……、相変わらず目に痛い格好しやがって……」

「おい、あいつ網タイツ穿《は》いてやがるぞ」

「魔物の前に俺達の精神を殺しにかかってやがる」

「いや、それ以前に防御力のなさを突っ込め」

「ある意味攻撃力が上がってるけどな」

兵達の囁《ささや》き声《ごえ》――というより呻《うめ》き声《ごえ》に、彼らの上司であるベルクハイツ家長男のゲイルはなんともいえぬ顔になる。

それもそのはず、副官と模擬戦の最終確認をしている二人の漢女部隊隊員は、それぞれとても個性的な格好をしていた。

まず、戦闘員なので鎧《よろい》を着ている。それはいい。しかし、その鎧《よろい》がメタリックピンクとメタリックパープルに染められているのだ。

そして、服装は支給されている兵士用の服ではなく、私服と思われるものを着ていた。

メタリックピンクは、お高そうな滑らかな生地のシャツに、ふんだんにヒラヒラと布を重ね、要所にリボンをつけてやたらと乙女チックな格好をしている。

メタリックパープルは、上はシンプルな白い女性物のシャツなのだが、下はショートパンツ。その下から出る逞《たくま》しい脚には網タイツと黒のロングブーツを履いていた。

もしこれを日本のオタクが見れば、ファンタジーゲームヒロインの服装をゴリラが着てやがると泡を噴いて倒れるだろう。それほど衝撃的な絵面である。

そうした知識はもちろん皆無《かいむ》であり、オネェ初遭遇の王都産ルイスは、「あの人は何故《なぜ》、模擬戦であのような格好をしているんですか？」と、もっともな疑問を先輩騎士にぶつけていた。

先輩騎士が物凄《ものすご》く困った顔をしていたので、ゲイルが助け舟を出す。

「奴らが着ているものは全て魔物素材の高級品だ。防御力がないように見えるが、支給されている服よりもよっぽど頑丈な代物《しろもの》だな」

一部の兵達は防御力が低いと誤解しているようだが、おそらく普通の革鎧《かわよろい》よりも傷つきにくい。打撲を受けることはあれど、切り傷からは守られるだろう。

「あの服のデザインは、まあ、趣味だろうな」

ある意味男を殺す服である。

強くて頼もしい戦士である彼女達だが、戦場ではできればご一緒したくない。

「ゲイル様、前から思っていたんですが、あの格好は風紀を乱していないんですか？」

なんか怖いので仕事中だけでも普通の服を着てほしい、としょっぱい顔をする部下に、ゲイルが微妙な顔で言う。

「実はな、アレ、いくつか前の漢女部隊の隊長が先代領主に直談判して了承を得たものなんだよ。丈夫であり、自費で用意するなら好きな服を着ても良い、ってな」

ちょうどその頃は、気候の不運が重なって領に金がない時期だった。

少しでも経費削減をしたかった先代領主夫人がゴーサインを出し、先代領主も自費で良いならと許可を出す。当時の漢女部隊の隊長もそれを分かっていて要望を出したのだから、なかなか強《したた》かだ。

「今さら許可を取り消すのもちょっとな」

一度許された権利を取り上げられると、非常に不満を感じるものだ。ゲイル――なんなら軍上層部全ての人間は、漢女部隊を敵に回したくない。

それに一度戦闘に入ってしまえば、そんなことは気にしていられなくなる。それなら、彼女らが何を着ていようが、あからさまにおかしなものでなければ目をつぶる所存だ。

「俺達の精神の安寧《あんねい》はないとおっしゃる……」

「そうだな」

けど、もう慣れただろ？　と言うゲイルに、部下は苦々しい顔で渋々肯定の意を返した。

そんな二人の会話を聞き、ルイスはもしかしてとんでもない人間に目を付けられたのでは、と冷や汗を流す。

それは遅すぎる自覚であった。

＊＊＊

荒野に砂塵《さじん》が舞う。

そこにあるのは歴戦の勇士達。

二つの陣に分かれて睨《にら》み合《あ》う。

戦場の覇者《はしゃ》の如《ごと》き威風を纏《まと》う大柄の若き戦士——ベルクハイツ家長男ゲイルを頭とする兵達は、皆相応の面構えをしており、見ただけでその強さがうかがえる。

それに対するは、白い鎧《よろい》を身に纏《まと》う金髪ドリルヘアーのゴリ……戦士である、魔物討伐軍第十六部隊隊長デリスだ。

本来デリス達を率《ひき》いるのはベルクハイツ家の末っ子であるアレッタなのだが、彼女は王都の学園に入学したため、デリス達はベルクハイツ家三男のディラン預かりとなっている。

しかし、そんなデリス達の頭にディランが据《す》えられたのかといえば、そうではない。あくまで預かっているだけであり、戦場に立って指示を出すのは彼直属の部隊へだけで、その役目はアレッタが帰ってくるまではデリスが受け持っている。

デリスはアレッタが再び自分達の頭となるまで、無様《ぶざま》な戦いはすまいと決意を新たに、肩にかかった己《おのれ》の巻き毛を後ろに払う。

体は戦士、心は勇敢な漢女デリスは、同士にして部下たる漢女達を率《ひき》いて戦場に真っ直ぐに立つ。

漢女達は、思い思いに戦場に立つに最も相応《ふさわ》しく、美しい格好をして相手側を見つめていた。

対する歴戦の勇士達は、ある意味語彙力《ごいりょく》が消失しそうなほど迫力がある漢女達を前に、歯を食いしばって耐える。何か知らんが怖い。

特に漢女達の目の敵《かたき》にされている新人ルイスは、ガックガクに震えていた。どうも子孫を残せるか否かの危機に立たされている気がするのだ。

これを漢女達が聞けば、なかなか良い勘をしていると言っただろう。何せ、タマ取ったるでぇ、と思っていたので。

双方構える得物は刃を潰した演習用のものだが、鉄の塊《かたまり》であることには変わりなく、簡単に骨を折る代物《しろもの》だ。そう簡単には死なないように配慮されているとはいえ、危ない。

もちろん、漢女部隊のものも非殺傷を目的としている。しかし、そういう判断のもとに選ばれた得物の半数が編み上げ鞭《むち》というのはどういうことだ。

想像してほしい。ゲームヒロインの格好をした化粧ばっちりのゴリラが編み上げ鞭《むち》を持って、いかにも「調教してあげるわ！」と言わんばかりのサディスティックな笑みを浮かべている様《さま》を。

シンプルに怖い。

おかげ様で戦場外に待機している救護班の鎮静剤のストックがいつもより多くなって

いる。漢女部隊が対戦相手だと、とんでもねぇ恐ろしいもんを見たとばかりに錯乱《さくらん》する負傷者が増えるのだ。

たまに鎮静剤の数が足りなくなり、「鎮・静・剤！」と唱えながら物理で意識を狩り取らなくてはならなくなるほどである。

町の一般市民なオネェさんはちゃんと人類なのに、奴らはそれから大分はみ出している。本当は別宇宙から来ましたと言われたら、素直に納得してしまいそうだ。

そんな外宇宙生命体の群れから、打ち合わせを終えたディランが救護所へ向かったのを確認し、審判兼監督役の老騎士が大きな銅鑼《どら》を一度鳴らした。

その音を聞き、双方の陣営から騒《ざわ》めきが消えていく。

これは、演習開始前の合図だ。

老騎士は続けて五度銅鑼《どら》を鳴らした。

双方得物を握りしめ、睨《にら》み合《あ》う。

そして、老騎士が大きくバチを振りかぶり、開始の合図を鳴らした。

＊＊＊

号令の下、男達は走る。

ゲイルの部隊の最前列は槍《やり》を構えていた。

槍《やり》はリーチがあるぶん相手をこちらに寄せ付けず、どういなし、突くかがポイントだ。

しかし、対する漢女部隊もリーチがある鞭《むち》を持っているのは変わらない。

何をどうすればそんな器用な真似ができるのかと疑問に思うほど、隙間を縫って槍《やり》を持つ手を叩いてくるのだ。

中には力自慢の漢女に鞭《むち》にて槍《やり》を搦《から》め捕《と》られ、そのまま強奪される者もいる。

そうして得物を奪われた男は素早く足に鞭《むち》を絡められ、一本釣りにされた。

そうした者達はイヤァァァ、と雑巾を裂くような野太い悲鳴と共に漢女の群れに投げ込まれ、この未熟者！　と愛ある指導をされて戦場外へ放り出される。

ボロボロの姿でガクガク震える男に仏心が出たのか、「大丈夫よ、アンタはまだ強くなれるわ」と優しい言葉をかけた漢女がバチコーンと送ったウィンクがさらに深い傷を与えたことは、脱落者を回収した救護班の人間しか知らない。

そんなとんでもねぇ爆撃を受けた脱落者の様子に青褪《あおざ》めながら、絶対負けられないと己《おのれ》の尊厳的なナニカのために奮起する男達に、流石《さすが》はベルクハイツの戦士だわ、と漢女達もますます燃え上がる。

彼女達の勢いは止まらず、ほぼ全てのゲイル部隊の先兵が懐《ふところ》に潜り込まれ、槍《やり》のリーチが意味をなさなくなってきたところで角笛《つのぶえ》が鳴った。

「槍隊《やりたい》、下がれ！」

号令と共に槍《やり》を持つ戦士達が後方へ下がり、代わりに刃引きした長剣を持つ戦士が出てくる。

それを見て鞭《むち》を持つ漢女達は半数程度下がり、代わりに鎖付き鉄球を持つ者と刃引きした大ぶりの半月刀を持つ者が前へ出てきた。ちなみに、これが魔物相手だと、鉄球はトゲ付きのモーニングスターになるのだが、今回は演習のためにただの鉄球になっている。

双方容赦なくぶつかり、鉄同士が火花を散らす。

鎖付き鉄球がとある戦士の顔めがけて飛んでくる。彼がそれを避けると、後ろから金属の衝突音と鈍い呻《うめ》き声《ごえ》が聞こえた。

後ろにいた者に当たったのだ。

しかし、それを気にしている暇はない。それを投げた者の剛腕が己《おのれ》を襲おうとしている。

それをなんとか躱《かわ》し、相手の腕を取って身体強化の魔法で力任せに放り投げた。すると、「イヤ〜ン」と気の抜ける悲鳴を上げて飛んでいく。

ああいうのをやめてほしいな、と、その戦士はしょっぱい顔をして続く他の者の攻撃をいなし、剣を振った。

そうした攻防があちこちで起きているのを、後方でゲイルが見ている。

「あー……、なんというか、いつもより必死さが違うな」

「そうですね……」

副官が微妙な顔をして頷《うなず》いた。

部隊の頭であるゲイルや副官は後方に控えているのだが、いつ漢女が飛び込んでくるか分からないので、それぞれ得物を持って警戒はしている。

今回の演習は一隊五十人程度の少し多い小隊規模同士なので、前衛と後衛に分かれていても、最終的には総当たり戦の様相を呈《てい》するだろう。

それにしても、大隊同士の演習並みに迫力がある。ゲイルが言ったように、必死さが違うのだ。

「魔物相手とは違う必死さなのがまた……」

「……必死にもなるかと」

副官の視線の先には、「ヤダ、やりすぎちゃったわ！　呼吸が止まってる！　人工呼吸を！」と言ってトドメを刺している漢女と可哀想な被害者がいた。

やべぇ現場から目を逸《そ》らし、次にゲイルが見たのはルイスだ。

ルイスは漢女達のあまりの迫力に、へっぴり腰になりながらじりじりと後退していた。

一目散に逃げ出さないだけマシだが、彼の前にいた先輩戦士達は漢女達と交戦し、失格、もしくは戦闘不能になりつつある。ルイスの接敵はもうすぐだ。

「あ、ヤバイのが来てますね」

副官のその言葉に、彼の視線の先を追って、ゲイルは頬を引きつらせる。

そこには、赤い鎧《よろい》を身に纏《まと》った漢女部隊副隊長のセルジア・ウォーレン——通称ピンヒールモンスターがいた。

＊＊＊

自慢のショートボブカットの黒髪は赤いヘルムの中に。

鍛《きた》え上げた美しい肉体には、ヘルムと同色の赤い鎧《よろい》。

自身のトレードマークたる特注の赤いピンヒールブーツで力強く大地を踏みしめたその者は、鞭《むち》をしならせた。

魔物討伐軍第十六部隊――通称漢女部隊の副隊長、セルジア・ウォーレンはギラリと目を光らせて睥睨《へいげい》するかの如《ごと》く獲物を睨《にら》みつける。

獲物――ルイス・ノルトラートは、その視線を受けて真っ青になり後ずさった。

セルジアはいっそう苛立《いらだ》ちを強くする。

こんな情けない男がお嬢様《アレッタ》の元婚約者だというのか。

この男はセルジアの大切なお姫様を裏切った浮気男だ。いっそ去勢してしまいたいが、残念ながらそれは禁止されている。

男の身勝手に泣かされるのはいつも女だわ、と思わず己《おのれ》の過去を振り返りそうになるが、セルジアは頭を振ってその思考を振り払った。

お優しいアレッタ様のことだから、きっと一発殴って終わりにしてさしあげるつもりだろうけど、そんなのは生温《なまぬる》いわ。二度とそんな不誠実な真似をできなくしないと！

そんなことを考える彼女を裏切った過去のオトコ達は、規制音なしには語れない目に遭《あ》っている。自業自得以前に生存本能の有無が疑われる。

見るからにヤバイと分かるモンスターを引っかけ裏切るとか、正気ではない。そんな駄目オトコに引っかかったセルジアもセルジアではあるが……

それはさておき、今やるべきは目の前の獲物をどう料理するかだ。

しかし、獲物との間に障害たる兵達が立《た》ち塞《ふさ》がっていた。

兵達は正直に言えば、どうぞお通りくださいと道を譲りたい。しかし、職務に忠実な軍人であり、勇敢な戦士である彼らは果敢に彼女に挑む。敵を前に戦わないという選択肢は、ベルクハイツの戦士にはあり得ない。

普段はアタシを見られないくらいウブなのに、戦場では真っ直ぐ向かってくるんだから、流石《さすが》は誇り高きベルクハイツの戦士だわ、とセルジアは感心する。

なお、ウブだのなんだのは、もちろんセルジアの勘違いである。

ポジティブなナルシストという最強生物は、「さあ、子猫ちゃん達！　アタシが遊んであげるわ！」と雄叫《おたけ》びを上げて鞭《むち》を振るった。

鞭《むち》はズバッチィイイン！　と大きな音を立てて、空気を切り裂き戦士達を弾き飛ばす。

彼女が振るっているのは鞭《むち》であるはずなのに、弾き飛ばされた者の持っていた剣が折れているのはどういうことか。恐ろしい威力である。

しかし、剣が折れても戦士達の骨が折れていないのもまた別の意味で恐ろしい。感心を超えて呆れるほどの頑丈さだ。

そんな頑丈な彼らではあったが、立ち上がることはできずにあえなく退場となった。

——そして、ついにその時がやってくる。

ルイスは目の間に進撃してきた化け物を前に、なけなしの気力を振り絞って剣を構えた。対するセルジアはそれを見て重々しく言う。

「逃げなかったことは評価してあげるわ」

だけど、手加減なんかしないわよ、と鞭《むち》を大地に向かって振り下ろした。

――ズガァァァン！

派手な音を立てて大地が抉《えぐ》れる。

その威力を見て、ルイスは唖然《あぜん》とした。

あんなものを受ければ死んでしまう！

それでも逃げなかったのは、元王太子護衛騎士の意地であり、なけなしの実戦経験が逃げたら即お陀仏《だぶつ》だと警鐘を鳴らしていたからだ。

歯を食いしばって剣を構えるも、これまで自分がいた王城というお上品な場所では鞭《むち》などという珍しい武器を使う者はおらず、戦い方がまるで予想できない。

最悪の事態になるのではと生存本能が悲鳴を上げているが、逃げることはもっとできないので腹をくくるしかなかった。

「う、うおぉぉぉぉぉ！」

意を決して剣で斬りかかるものの、それは簡単に避けられ、鳩尾《みぞおち》に拳《こぶし》を入れられる。

「ごふっ⁉」

鎧《よろい》の上からのはずなのに、受けた衝撃は今までの人生の中で最も重いものだ。それでもなんとか意識を保ったのだが、それはきっと不幸なことだった。ここで意識を失ってさえいれば、この後の地獄は体験せずに済んだのだ。

そんなルイスに容赦なく二撃目が襲う。

鞭《むち》でのそれは正確に彼の足を搦《から》め捕《と》り、天高くルイスを釣り上げ、放り投げた。あまりのことに声にならない悲鳴を上げて、ルイスは空を飛ぶ。視界の端に「あ、しまった」と言わんばかりの表情をしたセルジアが映ったが、そんな表情を読む余裕などない。

漢女と戦士達の頭上を飛び越え、彼は辿り着いてしまったのだ。

「あら、そちらから来てくれるなんて嬉しいわ」

そう言ったのは、聳《そび》え立《た》つかの如《ごと》く背筋をピンと伸ばして立つ、立派な体躯《たいく》にヒラヒラと装飾のついた青い騎士服と白い鎧《よろい》を着たゴリ——金髪ドリルヘアーの戦場の漢女。魔物討伐軍第十六部隊隊長、デリス・モンバートンだった。

＊＊＊

演習場に、怒号が響き渡る。

「まず！　婚約者がある身でありながら！　他の女の手を取るなんてあり得ない！」

アナタの罪を教えてあげるわ！　という一言と共に始まったそれは、どちらが格上であるか教える獣の調教じみていた。

デリスは演習で武器を使わない。彼女の武器は巨大な戦斧《せんぷ》なのだが、人間相手にそれを使うと、ベルクハイツ家以外の人間にはオーバーキルになる可能性が高いのだ。

ならば演習用の武器を使えばいいだけなのだが、どうにもしっくりこない。ということで、彼女の演習用の武器はメリケンサックを嵌《は》めた己《おのれ》の拳《こぶし》である。

今回もまた彼女は拳《こぶし》を鋭く振るっていたが、それは格段に手加減されたものだった。

その証拠に、それを受けるルイスの剣は折れていない。

「それも！　公《おおやけ》の場でなんて！　少しは頭を使ったらどうなの！」

しかし、ギリギリを見極めての攻撃に、ルイスの手が悲鳴を上げる。

「せめて！　会場の外で言いなさいよ！」

ルイスのあの日の愚行は関係各所に知れ渡っている。貴族ではない平民の出の士官にですら、その所業を「それってウチのお嬢様はもちろん、他の色んなところに迷惑がかかるんじゃないのか？」と責められるものだった。

それに気づかず、心のままにレーヌを助けに飛び出したのは、あまりに軽率だ。彼の言う通り、せめてレーヌが会場を去って人目につかない場所で言えば良かったのだ。そのままレーヌと共に失踪したならば、後はそれぞれの家が理由をこじつけてどうにかしただろう。

それに、現実では国王が登場して早々に場を収め、レーヌの国外追放は取り消されている。結果的にルイスは別の問題を投げ込んだだけになってしまった。

「アナタがもっと上手《うま》く立ち回れば！　お嬢様の名誉は傷つかずに済んだかもしれないのに！」

まったくその通り。

アレッタは公《おおやけ》の場で婚約者が他の女を選ぶという仕打ちを受け、女としての名誉が傷つけられた。そして、それはベルクハイツ子爵家が軽く見られている証《あかし》とも受け取られるものだ。

「男として！　貴族として！　なんという浅薄《せんぱく》さ！」

言葉を区切るごとに剣にとんでもない力が打ち付けられ、そのたびに逃がし損ねた衝撃がルイスの手を苛《さいな》む。

「恥を知れぇぇぇ！」

——ギィイン！

ついに、ルイスの手から剣が弾き飛ばされる。

フシュゥ……、と深く呼気を吐き出し、拳《こぶし》を握りしめる漢女部隊のボスゴリラを前に、ルイスはついに丸腰となったのだった。

＊＊＊

「あっ、アレはまずいですね。ノルトラートが丸腰になりました」

あいつ、剣以外は身体強化魔法使っても微妙だからこれ以上は無理です、と言う副官にゲイルは頷《うなず》いた。

「そうか。よし、救護班にノルトラートが脱落したら回収するよう通達。あと左が押されているな。右はこちらが押しきれそうだが、中央は……ピンヒールモンスターがいるからなぁ……」

「今回は中央に若い奴らを多く配置しましたからねぇ……」

とても素直に「ギャァァ！　お前、絶対新種のモンスターか何かだろう⁉」と若いのが叫んだせいで、「誰がモンスターですってぇぇぇ⁉」とピンヒールモンスターはとてもハッスルしてしまったのだ。逞《たくま》しい漢女の脚がグリグリと地面に伏した若いのを踏みにじっている。

右側に配置した古参の連中ならこうはならなかっただろう。若さとは時に恐ろしい蛮勇さを発揮するものだ。

なんともいえぬ絵面からそっと視線を逸《そ》らし、ゲイルが再びルイスに視線を戻した――その時だ。

「「あっ」」

ゲイルと副官の声が重なる。

「敵前逃亡……」

視線の先で、ルイスがセルジアに背を向けて逃げ出していた。

＊＊＊

多くの領では、敵前逃亡とは作戦の行動以外で敵に背を向けて逃げることを言う。

基本、下がるにしても敵から目を逸《そ》らすな、というのが軍共通の教えである。

特に新人はそれをしやすく、罰則としてそれはもう重い再訓練が課せられるのが一般的だ。

では、今回のルイスの場合はどうだろうか。

彼はベルクハイツ領に配属されたのは最近でも、武人としては新人ではない。

かつては王太子の護衛騎士として身を立てていたのだ。特に貴人の護衛なのだから、敵前逃亡などあってはならない。

だからこそ、彼の取った行動は特に許されないものになった。

「この、恥知らずがぁぁぁぁっ‼」

憤怒《ふんぬ》の漢女の形相に、「まあ、気持ちは分からんでもない」と言ったのは、ルイスを回収しに来た救護班の言葉である。

だが、「野獣から目を逸《そ》らすのは逆に危険」とも言っていたが……

身体強化魔法にてデリスの体の筋肉が膨張し、尋常《じんじょう》ならざる力を生み出す。

その力の全てが拳《こぶし》に集まり、敵前逃亡した軟弱者の顔へと吸い込まれた。

――ゴシャァァ……！

「ぶべらっ⁉」

あの断罪の日、『悪役令嬢によるザマァ系物語』が全て悪役令嬢《レーヌ》に良いように終わっていれば、『主人公』を救うヒーローになれただろう男の顔が、無惨にひしゃげた。

彼は殴り飛ばされた勢いのまま宙を舞い、数度バウンドして大地に転がる。

イケメン面《づら》が見る影もなく形が変わり、白目を剥《む》いて気絶していた。

この程度で気絶するとはなんて軟弱なのかしら、とデリスは肩を怒らせてルイスに近づく。

そんな様子を見て、「やっべぇ、それ以上はオーバーキル！」と漢女部隊以外の人間が慌てる。

デリスは、情けなくも気絶してしまったルイスを起こそうと頬を張るために手を振り上げ――崩れ落ちた。

突然のことに、周りは何事かと目を丸くする。

そして、気づいた。

デリスの背後、その遠く直線状にいる存在に。

「ふ～……」

それは、若い女だった。

詰《つ》めていた息を吐き出し、構えていた麻酔銃を下ろす。

救護班の白衣を翻《ひるがえ》し、彼女は凛々《りり》しく言い放つ。

「ドクターストップ！」

本日のハイライトであった。

なお、漢女部隊の隊長を討ち取ったこの女性こそが、ゲイル・ベルクハイツの奥方であることは、あまり知られていない。

＊＊＊

演習場に演習終了の銅鑼《どら》の音が鳴り響く。

何故《なぜ》か漢女部隊の隊長が救護班の人間に討ち取られるという、バックに宇宙でも背負いそうな訳の分からない終わり方をしたが、概《おおむ》ね問題は起こらなかった。

そう、概《おおむ》ねは……。

その『概《おおむ》ね』に入らなかった一人であるルイスは、大きく頬を腫《は》らしているものの、どうにかイケメンの面影を取り戻して砦《とりで》の救護所で目を覚ます。

すぐに医師の診察を受け、魔法薬を処方された。

明日には全快するだろうが、今日は救護所に泊まっていくように言われた彼は、大人しくベッドに横になる。

思い出すのは演習場で責められた己《おのれ》の失態だ。

あの時は攻撃を受けるのに必死でそれどころではなかったが、思い出してみると、自分の愚かさを改めて認識する。

あの日――舞踏会での婚約破棄騒動の時の行動は、自分なりに決死の覚悟を持っていったものだったが、冷静に考えれば愚かの一言でしかない。

あの隊長も言っていたように、会場の外でレーヌについていくと言えば良かったのだ。そうすれば、各方面にかける迷惑の度合いは今よりもずっとマシだったはずだ。……否、そもそもレーヌは国外追放を取り消されたのだから、どこにも迷惑をかけずに済んだだろう。

まあ、結局はベルクハイツ領に来ることになっただろうが、とルイスは苦笑する――が、何事もなければフリオの罠が発動するので、ベルクハイツ領に来ない未来もあったのだが、それは知らずとも良い。

痛む頬が魔法薬によってじんわりと治癒されていくのを感じつつ、彼は今までと、これからのことを考える。

なんだか心がスッキリとしたような気がしていた。

今まで自覚はなかったが、己《おのれ》の不幸を嘆《なげ》いてそれに酔っていたのだ。愛する人を助けるために行動したのに、何故《なぜ》こんなにも責められなくてはならないのか、と。

それを自覚して、改めて恥ずかしいな、と思う。

明確に分かりやすく怒気をぶつけられて、ようやく自分がどれだけ他者に恨まれることをしたのか自覚するあたり、己《おのれ》の愚鈍さを思い知った。

こんな自分では、あの聡明なレーヌには相応《ふさわ》しくないにもほどがあるし、もちろんベルクハイツ領の女領主になるアレッタとも釣り合わない。

多くの人々に迷惑をかけたが、きっと自分が彼女達の隣に立てなくなったこと自体は良かったのだと自嘲《じちょう》する。

そして、ここで自分を磨き直そうと、静かに決意を固めた。

幸い、ここの人間は王都の住人のように人を嘲《あざけ》り、罠に嵌《は》めて足を引っ張る者は少ないようだ。何せ、自分みたいな人間にも同情を示し、励ましの言葉をかけるのだから。

彼らの大切なお嬢様の名誉を傷つけたため、好意的な態度はとられてはいないが、理不尽な目に遭《あ》ったことは一度もない。

ただただ、鍛《きた》え直《なお》してやるという意思のみを感じた。

ならば、ここは己《おのれ》を厳しく鍛《きた》え、磨き直すには持ってこいの環境だ。

「まずは、基礎トレーニングからかな……」

そうやってポツリと呟《つぶや》いた言葉を聞いている者がいた。

隣のベッドに寝ている、ルイスの先輩騎士である。

彼は寝たふりをしながら、どうやら奴の中で風向きが変わったようだぞ、と感じつつ、思わず口角を上げた。

後に彼の言葉と、本人の訓練態度の変化によって、他の者達の中にもルイスを良い意味で気にかける者が出てくる。

こうして、ルイスは『劇画戦士ルイス』への道の第一歩を踏み出したのだった。

書き下ろし番外編

ベルクハイツ家の試練

貴族。

それは、国を運営していくにあたってできた、特権階級である。

彼らは王を支え、つつがなく国を運営するために民を取《と》り纏《まと》め、導き、安寧《あんねい》を約束する。

そんな彼らの仕事は多岐に亘《わた》るが、その一つとして欠かせないのが、舞踏会での『社交』である。

何も知らない平民からしてみれば、お貴族様の無駄金を使った出会いの場、お遊びの場にも見られるだろう。しかし、煌《きら》びやかなその裏には駆け引きがあり、貴重な情報収集の場としても使われる。そして何より大事なのは、人との縁だ。顔を繋ぎ、縁を繋ぐ。家の影響力を増すための政治の舞台の一つだ。そのため、貴族はプライドを豪奢《ごうしゃ》な衣装に変えて着飾り、社交の場に出る。

そんな社交に必要なものの一つが、ダンスだった。

＊＊＊

光り輝くシャンデリアの下で、着飾った男女がくるくると踊る。

そんな光景を見ながら、ベルクハイツの悪魔こと、オリアナ・ベルクハイツ子爵夫人は目を細める。

ベルクハイツ家は領地が大変厳しい土地であるため、領地を離れての社交はあまりしない。しかし、当主夫人はたまに社交界に顔を出し、その存在感を刻みつけていく。

そんな当主夫人であるオリアナは、どこか懐かしげな目をして、若いカップルを見ていた。

「母上、どうかなさいましたか？」

オリアナに声をかけるのは、彼女の本日のお供である三番目の息子、ディラン・ベルクハイツだ。

「ふふ、ちょっと思い出してしまって」

そう言って、クスリと意味ありげに笑う。

「貴方達が初めてダンスを習った日のことをね」

その言葉に、ディランは頬を引きつらせた。

＊＊＊

時は遡《さかのぼ》ること十数年前のある日のこと。

オリアナは自分の五人の子供達をレッスン室に呼び出し、整列させた。

「ゲイル、お義父《とう》様と旦那様から力加減が上手《うま》くなったと聞きました」

「はい、母上」

十四歳になったゲイルは随分《ずいぶん》前にオリアナの身長を超え、すくすくと成長中である。

「そして、バーナード。貴方は逆に力加減が下手すぎて、物損の被害額が昨年を超えました」

「うっ、ゴメンナサイ」

十二歳のバーナードは体を縮こまらせて謝るが、生命力が溢れすぎ、うるさいほどに存在感があるためちっとも小さく見えない。

「ディランの力加減はもう問題ないと聞きました。素晴らしいわ」

「ありがとうございます、母上」

十歳のディランがにっこり笑って言う。ベルクハイツの人間とはいえ、流石《さすが》に十歳ではまだ体の線は細い。オリアナ譲りの美貌《びぼう》は顔だけなら美少女で通りそうだが、その単語を思い浮かべた瞬間、彼から向けられる圧によって『少女』という単語が粉砕されるのが『お約束』である。

「グレゴリーとアレッタは、今回は見学しておきなさい」

「はい、母上」

「はーい」

どうやら、今回オリアナが兄妹を集めたのは、『力加減』が関係しているらしいとグレゴリーは察した。バーナードの力加減は確かに下手だが、人を傷つける可能性はグレゴリーとアレッタより低い。

グレゴリーとアレッタは素直に頷《うなず》き、何が始まるんだろうと顔を見合わせる。

その答えは、すぐに出た。

「すまん、オリアナ。遅くなった」

「あら、旦那様。問題ありませんわ」

ベルクハイツ家当主、アウグスト・ベルクハイツ子爵が部屋に入ってきて、オリアナの隣に並ぶ。そして、改めて子供達に向き直った。

「貴方達もいずれは王都にある国立学園に通うことになるわ」

子供達はピシリと姿勢を正す。

「その中で、避けては通れない授業があるの」

深刻そうな顔で告げられたそれに、子供達はごくりと息を呑む。

「その授業の名は――ダンスよ！」

子供達はバックに宇宙を背負った。


「そんなわけで、学園に入学する前に、完璧にダンスを身につけてもらうわ」

オリアナの真に迫った顔に、子供達は困惑する。

「まあ、これだけ時間があれば身につけられるでしょうが……」

学園の入学は十六歳からだ。

二年もあればそれなりに身につくだろうとゲイルは考えた。しかし、だからこそバーナードは不思議そうな顔をして、首を傾《かし》げる。

「けど、そんな真面目な顔をして言うことか？」

それは、失言だった。おかげでオリアナにギロリと睨《にら》まれ、バーナードは目に見えぬ尻尾《しっぽ》を股の間に挟む羽目になった。

キューン、と犬の鳴き声が聞こえてきそうなバーナードを横目に、ディランはもしや、と呟《つぶや》く。

「ダンスは男女ペアで行うもの。つまり、学園での授業も私達のパートナーは女性。しかも……」

ベルクハイツの外の、貴族女性――！

男達の脳裏に、取扱注意の札が貼られたガラス細工製の令嬢の姿が浮かんだ。

「――ヤバイじゃないか！　俺が触ったら確実に壊れるぞ！」

「しかも相手は王都の令嬢だなんて、脆《もろ》すぎる！」

未だに力加減が上手《うま》くいかないバーナードは絶叫し、学園入学が二年後に迫るゲイルは青褪《あおざ》めた。

「ベルクハイツ家勤めの女性なら鋼《はがね》のような度胸を持っていますし、なんなら、私達のうっかりも華麗に回避しますからね」

「ベルクハイツ家勤めの侍女達は何かしらの武道の心得があるから……」

「アレッタもだんすする～」

取り乱す年長組を横目に、年少組はどうしたものかと顔を見合わせる。アレッタだけは暢気《のんき》にくるくると回り始めた。

危機感を持った年長組に、やっと分かったか、とばかりに呆れた顔をするオリアナは、パンパン、と手を叩いて注目を集めた。

「はい、無駄話はそこまで。ベルクハイツに生まれる者は力が大きすぎるが故《ゆえ》に、力加減を覚えるまではダンスなどの教養は後回しにされているわ。だから、ゲイルにはこれからダンスを習得してもらうし、バーナードはこのままではいくら待っても力加減が上手《うま》くならないと思うから、危機感を持つためにダンスの練習を今日からしてもらうわ」

「あと四年もあるのに、俺が呼ばれた理由はそれなのか⁉」

「ダンス……、なんて恐ろしい教養……」

バーナードは愕然《がくぜん》とした顔で叫び、ゲイルは手で顔を覆《おお》う。

「ディランも力加減は問題ないのだから、参加してもらうわ。こういう教養は早々に身につけておくに越したことはないもの」

「分かりました、母上」

ディランは笑みを浮かべて頷《うなず》いた。何せ、ディランは学園の入学まであと六年もある。他の兄弟に比べて早々に力加減を覚えたディランには余裕があった。

「グレゴリーとアレッタは授業のスケジュールを教えておくから、暇な時には見学しに来なさい。ただし、邪魔はしないこと」

「はい、母上」

「は〜い」

グレゴリーはオリアナの言葉に頷《うなず》きながら、未だに回り続けてギュンギュンと空気を切り裂く音を立て始めたアレッタを回収する。

オリアナは命運が分かれつつある子供達にまず手本を見せると言い、アウグストにエスコートされてレッスン室の真ん中に立った。

そして、流れてくる音楽に二人は動き出す。

しなやかに、華麗に、けれど時折大胆に。

レッスン室の真ん中で踊る二人は、それはもうお似合いのカップルで……

「覇王《はおう》と傾国の悪女」

「ラスボスカップルだな！」

「怖い」

子供達は正直だった。

ベルクハイツ夫妻のダンスは迫力がありすぎたのだ。

ステップを踏むたびに解き放たれる圧！

優雅な音楽に混じるはずのない雷鳴の幻聴！

道を空けざるを得ない存在感！

ゲイル、バーナード、グレゴリーの正直な感想にディランは視線を泳がせ、アレッタはまたくるくると回り始めた。

そうこうしているうちに世紀末カップルのダンスは終わり、子供達は拍手をする。

迫力はともかくとして、実に上手なダンスだった。

しかし、ディランはふとあることが気になった。

「ところで母上、ダンスの練習となると、私達のパートナーは誰が務めてくれるのでしょうか？」

ディランは力加減の合格点は貰ったが、未経験のダンスでうっかり力加減を誤る可能性があるのではないかと心配になった。特にバーナードなど未だに力加減が下手だ。普通の女性では酷《ひど》い怪我をさせてしまうだろう。

その心配はもっともだとゲイルも頷《うなず》く。

「もしや、一人で練習でしょうか？」

誰かに怪我をさせる心配はないので、ゲイルとしてはそのほうがいい。しかし、一人で練習するにしても限界がある。

「ああ、それなら大丈夫よ。ある淑女達が立候補してくれたから」

オリアナの言うところによると、このダンスレッスンもベルクハイツの伝統らしく、軍から有志の淑女達がダンスレッスンのパートナーをしに来てくれるらしい。

その話を聞いて、子供達は「まあ、軍の武人なら大丈夫か」と納得し、胸を撫《な》で下《お》ろした。

しかし、この時彼らは気づいていなかった。

父であるアウグストが、明後日《あさって》の方向に視線を飛ばし、遠い目をしていたことに……

＊＊＊

「ヤダ〜！　ゲイル様ったら、ちょっと見ないうちに美味《おい》しそうになって！」

「ちょっと！　隊長、失礼よ！　しかも相手は未成年！」

「申し訳ありません、隊長ったら、今日を楽しみにしていたものですから」

子供達に説明を終えた頃、有志の淑女達が到着したという知らせが入った。それを受け、オリアナが入室を許して入ってきたのは……

「ヲ、漢女部隊……!?」

後にアレッタの直属部隊となる第十六部隊、通称『漢女部隊』である。

隊長と呼ばれた姫カットの赤毛の漢女こそがデリス・モンバートンの先代隊長である、

ジモン・サトゥだ。

そんな漢女部隊の隊員の姿を見て、アレッタを除く子供達の間に戦慄《せんりつ》が走る。

彼らは察した。ダンスのパートナーを務めてくれるのが、誰なのかを――!

「それじゃあ、改めて紹介するわ。ダンスレッスンのパートナーを務めてくれる淑女――第十六部隊の皆さんよ」

オリアナの明朗な声が現実を突きつける。

ベルクハイツの悪魔は無情だった。

＊＊＊

「はい、ワン、ツー、スリー、フォー、ワン、ツー、スリー、フォー」

カウントを聞きながら、ステップを踏む。

漢女達は優雅に、パートナーの少年をそれとなくリードする。

対するゲイル達はダンスをマスターすべく、鬼気迫る表情で必死に体を動かす。

そんな兄達の奮闘を見守るのは、グレゴリーとアレッタだ。

グレゴリーは、あれは自分の未来の姿だとしょっぱい気持ちを抱きながら、どうにかダンスを覚えようと一人で型の練習をし、アレッタはグレゴリーの隣でギュンギュン音を立てながら回っている。

アレッタが煙を上げ始めたので、グレゴリーがいったん自主練を中止してアレッタを回収した、その時。

「痛っ！」

「あっ、すまん！」

バキッ、と何か折れた音を耳が拾い、グレゴリーはそちらに視線を向けた。

そこには足を押さえてうずくまる漢女と、青褪《あおざ》めてオロオロするバーナードの姿があった。

「す、すまない！　わざとじゃないんだ」

力加減が下手なバーナードは、手を貸すことで再び怪我させることを恐れ、手を出しあぐねている。

そんなバーナード達の傍《そば》に近寄ってきたのは、治癒魔法が使える隊員だ。

「大丈夫ですわ、バーナード様。こんなの、すぐに治ります」

ぷりちー☆改造ナース服を着た漢女は、ある意味地獄からの使者めいた姿でありながら、腕は確かなのだと信じさせる力強い笑顔をバーナードに向けた。

そして、実際にその腕は確かだった。

治癒魔法によって負傷した足はすぐに治され、バーナードのパートナーを務めていた漢女は「流石《さすが》ね」と笑って立ち上がった。

さあ、続きを、と漢女が手を差し出すが、バーナードはそれを取ろうとはせず、気まずそうに漢女を見る。

「あの、怪我をさせてしまって……」

戦闘訓練ならいざ知らず、今やっているのはダンスの練習だ。バーナードは己《おのれ》の不器用さをふがいなく思い、怪我をさせたことが申し訳なくて漢女の手を取るのをためらってしまっていた。

しかし、そんなバーナードの様子を見て、漢女はそれを笑い飛ばした。

「やぁだ、バーナード様ったら！　こんなの、普段の戦闘や訓練で負う怪我に比べたら、たいしたことありませんわ！　治癒魔法ですぐ治っちゃう程度ですもの！」

だから大丈夫だと彼女はバーナードの手を強引に取り、ホールドの体勢になる。

バーナードは十二歳の少年とは思えぬほどの長身だが、それでも子供であるため、今回のダンスパートナーの相手は低身長である彼女が選ばれた。

代々漢女部隊のお楽しみ任務として受け継がれているベルクハイツ家男子のダンス

パートナー役だが、今回も立候補者が多く、熾烈《しれつ》な戦いが繰り広げられた。

そんな戦いを制して勝ち取った任務を、彼女は怪我程度で手放すつもりはなかった。

だから、バーナードを安心させるために笑って軽口を叩く。

「そ・れ・に！　もし大怪我したら、責任取ってバーナード様にお嫁に貰ってもらいますから。だから大丈夫ですわ！」

バチコーン☆、とウィンクされ、バーナードは真顔になった。

その後、バーナードはめきめきと上達していき、四か月後には力加減もダンスも問題なしと合格点を出されることとなる。後はそれらを忘れないように定期的にダンスレッスンをするように言いつけられた。

バーナードがダンスレッスンを一抜けしたことにゲイルとディランは驚きつつ、爽《さわ》やかな顔でレッスン室を去るその背を恨めしげに見送った。

そんな兄達の様子を見ながら、グレゴリーは「こういうところがバーナード兄上なんだよなぁ」と呟《つぶや》く。

兄弟の中で一番不器用だが、コツを掴めば早い。実際、最も器用なディランを差し置いての合格である。

グレゴリーはアレッタのダンス相手という名の大車輪で遊んでやりながら、未だに地獄から抜け出せない兄達の様子を見て、あれを自分もやるのかぁ、とため息をつく。

なお、大車輪をしていたアレッタの手がすっぽ抜けて、勢いのままに窓を突き破り、オリアナから大目玉をくらったのは、アレッタが無傷だったとはいえ、良い子も悪い子も真似してはいけないない余談である。

＊＊＊

途中、窓の大破というベルクハイツらしいハプニングがあったダンスレッスンだが、合格点を最後に出されたのは、意外にもディランだった。

ゲイルは五か月目。ディランはそれからさらに一週間後に合格点を貰った。

いつもであれば、器用なディランが一抜けしそうなものだ。しかし、予想外に手こずった。

バーナードは要領が悪く、不器用な脳筋だが、『持っている』男だ。ディランはそんなバーナードに対抗意識を持っているため、大層悔しがった。

そのせいもあり、ディランは合格してもさらに己《おのれ》に磨きをかけるべくダンスレッスンを続け、女性達をうっとりさせる紳士的な振る舞いまで身につけた。元々素養はあったが、今ではその物腰も合わせてベルクハイツの貴公子と呼ばれるほどだ。

ちなみに、そのダンスレッスンに付き合ってくれた漢女との交流のおかげで、ディランは彼女達との付き合い方をマスターしたのだ。しかし、それに関してはちょっと遠い目になるディランである。

オリアナはそんな遠い過去を懐かしく思いながら、己《おのれ》の三男を見上げる。

「久しぶりに貴方のダンスレッスンの成果を見せてもらいましょうか」

「私と踊りたいという令嬢はいませんよ」

ディランは確かにベルクハイツの貴公子と呼ばれてはいるが、その身に宿る力は壊すことに特化したものだとも知られている。そのため、度胸のある令嬢しかディランと踊ろうとしない。

しかし、オリアナは意味ありげに嗤《わら》う。

「あちらに、ベルクハイツがなんたるかを知らないオツムが可愛らしいお嬢さんが貴方を熱心に見ているわね」

ついでに、そのお嬢さんの父親がオリアナに粘つく視線を寄越している。

あの家は少し前にベルクハイツへちょっかいを出してきた家だ。たいしたことないものだったが、調子に乗る前に釘を刺したほうがいいだろう。

「ちょっと情報収集《オハナシ》してきてちょうだい」

オリアナの指示に、ディランは一つため息をついた後、貴公子の仮面を被り直して微《ほほ》笑《え》む。

「たまにはバーナード兄上をこういう場に出してはいかがですか?」

「冗談じゃないわ。馬鹿みたいな額の弁償金が必要になるに決まってるもの」

ディランの投げやりな言葉に、オリアナの眉間《みけん》に皺《しわ》が寄る。

「何事も適材適所よ」

「フリオの成長に期待しようと思います」

母の供として社交に駆り出されることが多いディランは、妹の婚約者への課題を増やす決意をする。

遠い地で、不吉な予感にフリオが悪寒を感じている頃、ディランとオリアナは悪辣《あくらつ》な内心を微塵《みじん》も感じさせぬ優美な微笑《ほほえ》みを浮かべて、獲物に向かって歩を進めたのだった。

Regina COMICS
乙女ゲームは終了しました
乙女ゲームは終了しました 1〜2
原作 悠十
漫画 丸山詩葡

新感覚ファンタジー
RB レジーナ文庫

行き遅れ巫女の癒し奮闘記！

レジーナブックス Regina

下級巫女、行き遅れたら能力上がって聖女並みになりました 1～2

富士とまと　イラスト：Shabon

2巻 定価：792円（10%税込）
1巻 定価：704円（10%税込）

20歳までにほとんどが寿退職する中、行き遅れといわれる23歳の癒しの巫女・ハナ。だけど仕事を一生続けたい彼女は外野のヤジもまったく気にせず、懸命に人々を癒している。今日も、まんまる眼鏡、大きなマスク、ひっつめ髪という残念な格好で仕事をしていると、なぜか次々と事件に遭遇して⁉

詳しくは公式サイトにてご確認ください
https://www.regina-books.com/